集英社オレンジ文庫

掌侍（ないしのじょう）・大江荇子（こうこ）の宮中事件簿

小田菜摘

本書は書き下ろしです。

CONTENTS

イラスト／ペキォ

掌侍・大江荇子の宮中事件簿
ないしのじょう・おおえこうこの
きゅうちゅうじけんぼ

1章

雀（すずめ）と白粉（おしろい）

帝が錫紵（喪服）を脱いだのは、弥生に入ってすぐのことだった。

ひと月前に身罷ったのは、たった一人の御子で六歳になったばかりの女一の宮。

世の常では七歳以下の子供は天のものとされ、亡くなったところで喪に服す必要はないとされている。にもかかわらず黒橡の衣に袖を通したことに、鍾愛の姫宮を失った帝の深い哀しみをうかがい知ることができた。

「昨夜の御膳もほとんど箸はおつけにならなかったそうです」

切々と語る卓子の瞳は、すでに潤みかけている。

宮仕えをはじめて半年足らずの十四歳。若木のようにしなやかな身体にまとう花橘のかさねは爽やかで愛らしく、乙橘という候名もよくぞつけたものだと感心する。

そんな純真無垢な乙女だからこそ、人の悲しみも自分のことのように素直に受け止めることができるのだろうと、二十一歳の大江荇子は眩しいものを見るような気持ちでしげしげと後輩女房を眺めた。

そもそも着ているものからしてちがっている。自分がいま身にまとう淡紫の唐衣と白の文綾の表着という装束はお気に入りだが、卓子の薫風のごとく溌溂とした装いに比すればずいぶんと世慣れしたように人の目には映るであろう。

「痛ましくて、とても見ていられません。どうぞしてお慰めする手段はないものでしょうか」

それが帝に仕える内裏女房の務めだとばかりに卓子は意気込む。心意気は見上げたものだし、なにより人間として正しい。しかし周りの目が気になる荇子は、わざと熱のない声で返すしかできない。

「さようなことは上つ方が考えてくださるわよ。私達のような中臈や下臈なんて、主上に名前だって憶えてもらっていないのだから」

「そんなことないですよ。他の方はともかく江内侍さんは、主上の覚えもめでたい方でしょうに。なにしろ奉書がお目にとまったほどなのですから」

悪意など微塵もなく、称賛の気持ちだけを込めて告げられた卓子の言葉に肝が冷えた。

おそるおそる視線を動かし、少し離れた文机前の長橋局（掌侍筆頭の名称・勾当内侍ともいう）の様子をうかがう。魚子黄の唐衣に萌葱色の表着の袖口から見える、筆を握った手がぴくんと揺れた。

まずい、と思ったときは手遅れだった。

「いい加減になさいッ」

がたんと音をたてて、長橋局は筆を置いた。あんな勢いでは筆先に含ませた墨が散りはしないかと、このさいどうでもよいことが気になった。

長橋局はくるりと振り返り、苻子と卓子に正面から向き直った。しかし怒りを滾らせたその目はひたすら苻子にだけむけられている。

「江内侍、女蔵人相手にいつまで無駄話をしているのです！　主上に常に近侍すべき内侍司の掌侍（内侍は掌侍の一般的な呼称）としての立場をなんと心得ているのです」

なんで私だけ？　と反論したい気持ちをぐっと堪え、苻子はひたすら頭を下げる。

ほとんど一方的に話していたのは卓子で、もちろんそれを咎めなかったのは苻子にも非はある。しかしお喋りをしていたのはほんのしばしの間。しかも話題は帝の様子であるから一概に雑談とも言えぬ、内裏女房として共有せねばならぬ情報である。

そもそも内侍の下で宮中の雑用を行う女蔵人が、内侍所を訪れるなど日常茶飯事。そのさい誼の者同士で雑談を交わすなど、誉められこそせずとも咎められるほどのことでもない。もちろんあまりに頻繁で、目に余るほど長話をしていたのなら仕方もないが、今回のやりとりにかぎりはそんなことはない。なにより主犯（？）であるはずの卓子がなにも言われていないのは絶対におかしい。

とっくに分かっている。単に長橋局は、苻子のやることなすことすべてが気に食わないだけなのだ。理論や理屈ではない。

こうなったらたとえそれが過剰かつ理不尽な叱責であっても、とやかく言わずひたすら耐えて嵐が収まるのを待つしか術(すべ)はなかった。それが話が通じない相手に対する、八年の宮仕えで身に着けた荇子の処世術である。

（耐えろ、私！）

殊勝(しゅしょう)に項垂(うなだ)れてみせながら、緋色(ひいろ)の長袴(ながばかま)の上でぎゅっと拳を作る。

くどくどと続く長橋局の説教に、同僚の内侍達の哀れみの視線をひしひしと感じる。

第一臈(だいいちろう)のこの女房の感情的で意地の悪い性格には誰もが泣かされてきたから、彼女達も事情は察しているのだ。

しかしここで執(と)り成しでもしようものなら、飛び火を受けることは目に見えている。

気の毒と思いこそすれ口を挟む者はいなかった。しかたがない。荇子が彼女達の立場であっても、同じ対応をするだろう。

長橋局の口舌はどんどん熱を帯びてゆき、よもやこの説教は永遠につづくのではないかと、半ば本気で荇子は思いかけた。

「分かりました。今度から気をつけますね」

場違いに明るい声をあげたのは卓子だった。

その場に滞(とどこお)っていた鬱屈(うっくつ)したあらゆるものを、一息で吹き飛ばすような物言いだ。

「お仕事の邪魔をしてすみません。実は先ほど渡殿(わたどの)で頭(とう)の君(きみ)とお会いしたのです。それで主上の様子を内侍司にもお伝えしておくように仰せつかったものですから」

　卓子が口にした名に、内侍達がざわつく。

　頭の君とは頭中将のことだ。蔵人頭と近衛中将を兼任する頭中将は、出世街道をまい進する権門の子弟が通る官職だった。

　現下の頭中将は左大臣の嫡子・藤原直嗣。

　美貌と才知を兼ね備えた当代一との誉れ高い、弱冠十八歳の貴公子である。その年で蔵人所の長官位に就いているというだけで、飛びぬけた家勢が分かるというものだった。

「頭中将様が？」

　さすがの長橋局もひるんだようだった。

　直嗣自身の身分に加え、彼の同母姉は、今上の后妃達の中で最も時めいている弘徽殿女御である。後宮に仕える者として、その名を出されては強く叱責もできない。しかも直嗣はその美貌と若さ、洗練された立ち居振る舞いから、御所に仕えるほとんどの女達、身分老若を問わずに憧れの的となっていた。

　長橋局はぐっと奥歯を嚙みしめた。

「……分かったのなら、いいわ」

「はい、今度から気をつけますね」

一切悪びれた様子のない卓子に、長橋局はだいぶ毒気を抜かれている。

それは荇子が、無邪気と無神経は何者よりも強いのだと実感した瞬間であった。


「それで、あのうるさ型の長橋局を引き下がらせたのか。すごいな乙橘(おとたちばな)」

感心したように征礼(まさゆき)は語るが、その口調は面白半分のようにも聞こえた。

五位を示す緋色の袍(ほう)。つるりとなめらかな肌に幼さが残る黒目がちの目。白皙(はくせき)の美青年とまではさすがに言えぬが、清潔感のある誠実で明るい印象の好青年だ。

藤原征礼。少納言(しょうなごん)と侍従を兼ねる、荇子の幼馴染(おさななじみ)である。裳着(もぎ)を迎えるまで大和(やまと)で育った荇子と、当時の受領(ずりょう)（国司(こくし)のうち現地に赴(おもむ)く者の最上席者の名称）の息子の征礼は、同じ歳で十五年来の付き合いの仲だった。

現在でも内侍と少納言、学者の娘と受領の息子と身分も同じ程度なので、互いに裳着と元服(げんぷく)を済ませても局の中でなんの隔(へだ)てもなく話しあう。世間一般の男女の常識には当てはまらぬやもしれないが、公卿(くぎょう)ならともかく中級貴族の子息子女などこんなものだ。

「笑い事じゃないわよ」

荇子(こうこ)は頬(ほお)を膨らませた。

「今回は助かったけど、本当にあの娘の無鉄砲ぶりにはひやひやするわ」

「無邪気で可愛い宮中の花だと、男達の間では評判だけど」

「だったら誰かいい男君を見繕ってあげてよ。いい娘なのは確かだから。でも世話役としては毎日肝が縮みっぱなしよ」

大袈裟に嘆きながら荇子は右膝に額を押しつけた。くつろいだときの座り方は、片膝を立てるのが一般的である。

荇子にとって卓子は、母方の遠縁にあたる娘だった。

荇子の母親は父の正室だったが、荇子が幼少の頃に亡くなった。のちに迎え入れられた父の継室とそりがあわず、荇子は大和に住む母方の祖母のもとで育った。そこで征礼と卓子と知りあったのだ。

裳着を迎えるのと同時に宮仕えをはじめた荇子にとって、七歳下の卓子への記憶はさして長いものではなかったのだが、ともかく愛嬌の良い可愛らしい女児であったことは覚えている。

それは卓子の親も同じ思いであったらしい。田舎育ちの娘ではあるが、親の目から見てもそのあたりの郡司などに嫁がせるのはもったいない愛らしさ。宮仕えをはじめれば高貴な方々の目に留まり、幸ひ人（高貴な人の寵愛を受けている者）となることも夢ではないと考えた父親は、様々な伝手を使って娘を御所に送りこんだ。

田舎者で都の常識に慣れぬ娘だがなにとぞよろしく頼むと、わが子を心配する父から丁寧に認められた文を受け取れば、荇子とて無視もできなかった。

幸いにして人懐っこい卓子は、男女を問わず御所中の人間から可愛がられた。荇子もまるで妹を思うような気持ちで接している。本当の異母妹が疎遠であるだけに、なおさらその気持ちは強いのかもしれない。

しかし時たま見せる無邪気を通り越した恐れ知らずのふるまいには、芯からひやひやさせられる。今日の場合にかぎっていえば、助かりはしたのだが。

「なるほど。では乙橘を好ましく思う男は、まずは荇子に取次を頼めばいいんだな」

半ば冗談めかして言う征礼に、荇子は素っ気なく返す。

「信頼できる人でなければ取りつがないわよ。そりゃあもう少し世慣れてきたら本人の意志に任せるけど、いまはちょっと無邪気過ぎて一人で判断させるのは怖いもの。世話を引き受けたからには責任があるから、一年間は私に相談するように言っているわ」

「それで乙橘はなんと？」

「天真爛漫に、江内侍さんにお任せします～、ですって。まったく世の中にはびっくりするぐらい性質の悪い男もいるっていうのに不用心なんだから」

げんなりと答えた苻子に、征礼はぷっと噴き出した。そうやってしばらく肩を震わせたあと、彼は独り言のようにつぶやいた。

「まったく、人のことばかりかまけて……」

苻子は口をへの字に曲げた。

濁した言葉の先で征礼が言いたいことは分かっている。結婚を考えるのなら十四歳の卓子より二十一歳の苻子のほうが絶対に先だ。

けれど苻子に結婚の意志はない。

それどころか叶うのなら、このまま一生内裏女房として過ごしたいと思っている。特別この仕事が好きなわけでもやりがいを覚えているわけでもないが、そうすれば独り身であっても生活の不安がないからだ。

――私は結婚などしない。

少女の頃、心の奥に刻まれたその決意は、揺らぐどころか年々頑なになっている。

母が亡くなったあと、継母と折り合いの悪い娘を父はあきらかに持て余していた。それは異母妹の誕生で決定的となった。大和行きを了承したとき、父はあきらかに安堵していた。双方を天秤にかけるまでもなく、父は新しい家族を選んだのだ。

それ以来、継母と異母妹にはほとんど会っていない。裳着のために上京し、さすがにそのときは父と顔をあわせたが、二人は奥にこもって一度も出てこなかった。荇子はそのまま宮仕えのために自邸をあとにした。

父親に対する不信は、彼の訃報を聞いたときに荇子に涙を流させなかった。母が亡くなったときはあれだけ嘆いたというのに、あまりの落差に自分でもびっくりした。葬儀でもそんな態度を崩さない荇子を継母は冷血だと罵った。その言葉がまったく心に刺さらない自分にもっと驚いた。それが実家に戻った最後のときであった。

やがて荇子のもとに、自邸が売り払われて継母と異母妹が辺境の人となり果てたという噂が流れてきた。

そうかと受け流したあと、結局、父の結婚は誰も守れなかったのだと思った。漠然と感じていた結婚への不信が、さらに募ったときだったと思う。

だから私は結婚などしない。自分の米と衣は生涯自分の禄で手に入れると、あのとき胸に誓った。

それが当世の女の生き方として非常識なことは、もちろん自覚している。迂闊に人に言おうものなら、たちどころに変人扱いされるであろう。それが煩わしくて、荇子はよほど信頼した者にしかその決意を教えていない。

幼馴染の征礼は、荇子の胸の内を知る数少ない一人だったのだ。

征礼は自分や世の常識と照らし合わせ、他人の選択を全否定するような独善的な人間ではない。だからこういう話の流れからいまのような展開になっても、苦笑いをするだけで非難やら説教やらはけしてしない。

そういう彼の気質が、一緒にいてとても心地よいのだ。

「ああ、でも」

征礼は言った

「主上の御膳(おもの)の件だけど、今朝はずいぶんとお召し上がりになられていたよ」

「え、そうなの?」

「徐服(じょぶく)がきっかけで、お気持ちを切り替えることができたのやもしれない。ありがたいことに俺にも〝心配をかけてすまない〟と、お声をかけてくださったよ」

心から嬉しそうに語る征礼に、荇子は目を細めた。

「さすが主上の信頼厚い侍従ね。頭中将が乙橘に昨日の夕餉(ゆうげ)の話をしたのは、ちょっと前のことなのよ」

明確な皮肉に、征礼は困惑交じりに苦笑する。

蔵人頭と侍従。ともに帝の間近で仕える侍臣だが、身分も要職の程度も断然前者のほうが高い。にもかかわらず侍従である征礼のほうが帝の現状に通じているのは、直嗣の怠慢(たいまん)

ではなく帝の親しみと信頼度の問題である。

なにしろ征礼は今上が東宮の時代から側近として仕えていたのだから、半年前に蔵人頭になったばかりの直嗣とは経験がちがうというものだ。

「頭中将も、そのうち慣れるよ」

「どうかしらね。主上は根のところで月卿（公卿のこと）の方々を信頼しておられないでしょうから」

「おい……」

言い過ぎだとでもいうように、征礼は右手の人差し指を口許に立てた。それで一応荇子も口を噤んだが、敢えて誰も口にしないだけで暗黙の了解事項にちがいなかった。

今上の母親は親王の娘。いわゆる女王である。身分こそ高いが有力な後ろ盾はなく、幼少時は母子共々肩身の狭い思いで過ごしたらしい。

やがて父帝の崩御に伴い、十二歳年下の異母弟が即位をした。彼の母親は権門出身の妃であった。この弟の東宮として立ったのが今上だったのだ。

兄が弟の東宮に立つという変則は、幼い帝に子がないことを補うための措置である。普通に考えれば兄に即位の見込みはない。ゆえに公卿達のほとんどが東宮を冷遇した。弟帝に皇子が生まれれば、即座に東宮をすげかえる算段だったのだから当たり前だ。

しかし不幸なことに弟帝は、妃も迎えぬまま十四歳の若さで身罷（みまか）った。とうぜんながら子はなく、四年前に今上は即位に至った。東宮時代は訪（おとな）いさえしなかった公卿達も、掌（てのひら）を返したように自分の娘を妃として送りこんだ。

そのうち一人が、二年前に亡くなった先の左大臣（さだいじん）の娘・藤壺中宮（ふじつぼのちゅうぐう）。もう一人が先ほど話題になった、いまの左大臣の娘・弘徽殿女御。あとは大納言（だいなごん）の娘で、祖父の右大臣（うだいじん）の養女として入内（じゅだい）をした麗景殿（れいけいでん）女御がいる。ちなみに先の左大臣は幼少だった先帝の摂政（せっしょう）も務めており、長きに渡って一の人の座にあった。

長い間冷遇されてきた帝は、非常に辛抱（しんぼう）強くかつ自制的だった。これまでの恨みつらみを臣下達に言うことはなく、表向きは穏やかで良好な関係を築いている。

されど彼らに対する言動のひとつひとつに、薄い氷を隔（へだ）てたような冷ややかなものを感じることは否（いな）めなかった。

臣下達と敵対することが自分の利にならぬことぐらい帝も理解しているだろう。しかし本人がどうかしようと思ってもどうにもならぬほど、彼らに対する不信は根深いものなのだろう。

「だからなのかしら……」

ぽつりと苻子はつぶやいた。

「なにが?」

怪訝そうに征礼が訊き返した。それで荇子は、無意識のうちに誘い水を向ける真似をしたことを自覚した。

ずっと気になっていたことだったが、話題が話題だけに迂闊に人に話すなどできない。だが征礼であれば、物心ついたときからずっと打ち解けていた彼であれば、自分の内に秘めたもやもやを吐露しても良いのではと心が揺らいだ。

「若宮様のときは……」

気がついたらもう口を開いていた。

「昨年、中宮様所生の若宮様が亡くなられたときは、主上は今回ほどには悲しまれていなかったわよね」

征礼は眉をひそめた。不遜な発言を責めるのではなく、痛いところをつかれたかのような反応だった。

征礼はその表情のまましばし沈思し、やがてため息交じりに言った。

「仕方がない。若宮は御産養すら迎えられないまま里内裏で亡くなられたから、わが子とはいえ主上はお姿を一度も目になされておられない。六歳まで手元で慈しまれた姫宮様とは、そりゃあ思い入れには差があるよ」

　実は帝が子を亡くしたのは、姫宮がはじめてではなかった。

　昨年、藤壺に住む中宮が男児を出産したのだが、翌日に亡くなっていたのだ。

　出産は穢（けが）れとされるため、懐妊をした妃は御所を下がって実家で子を産む。中宮の場合は前の左大臣邸で、一応里内裏とされている場所だ。結果として赤子は、父帝に顔を見せることなく亡くなった。

　出産のみならず御所の穢れ忌避（きひ）の意識は強く、あらゆる禽獣（きんじゅう）の死骸（しがい）に大騒ぎして祓（はらえ）を行う。まして人の死などもっての他で、妃や臣下が病や不意の事故等で重篤（じゅうとく）となれば、死に水を取るのではなく御所から出す決まりになっている。御所で臨終（りんじゅう）を迎えることができるのは、基本的に帝だけだった。

　ひと月前に身罷った姫宮も、臨終間際に帝の東宮時代の邸（やしき）に送られた。ちなみに姫宮の母君は帝の即位前にはすでに身罷っていたが、東宮時代の唯一の妃であった方で室町御息所（むろまちのみやすどころ）と呼ばれている。荇子に面識はないが、非情に仲睦（なかむつ）まじい夫婦だったと聞いている。

　一年の間に二人の子を亡くすという不幸に見舞われた帝であったが、その反応は荇子の目から見てもあきらかにちがっていた。征礼の話を聞けば、それも然（しか）りと思いはするのだが――。

「そんなものなのね。母親である中宮様は、お子を亡くされてからずっと臥（ふ）せっていらっしゃるというのに」

「ああ。大夫が朝に夜にと気遣っておられるけれど思わしくない」

征礼が言う大夫とは、中宮職の長官・中宮大夫のことだ。

源有任という、中宮の縁者にあたる者がその役目を請け負っている。二十八歳の中宮よりひとつ年下の穏やかで実直なこの青年は、父を亡くしたことですっかり零落した中宮に、いまも誠実に仕えつづけている数少ない好人物だった。

御所での立場が不安定になっていた中宮は、生まれたばかりの子を亡くしたことで完全に塞ぎこむようになった。ここ一年は殿舎からほとんど出ず、宴や儀式にも一切顔を見せなくなった。

中宮の落ちこみように比べ、帝の反応はずいぶん恬淡としたものだった。

若宮が亡くなったという報告にも「無念であるな」と言ったきりで、それ以上はなにも口にしなかった。自分の父親もそうだったから、しょせん男親などそんなものなのだと荇子は思っていた。

だからこたびの姫宮の逝去に対しての帝の嘆きようには衝撃を受けた。母親への愛情の違いで、ここまでわが子に対する感情に差が出るものなのかと。

もちろん共に過ごした期間がちがうから、そう決めつけることが危ういとは分かっている。それでも苻子の中には、帝に対する小さな不審が抜けない棘のようにずっと引っかかっていた。それが継母とうまくいかなかった自分を、厄介払いをするように祖母に預けた父に起因するものだという のも薄々ながら自覚していた。

暗い顔をする苻子に、征礼は不安げな眼差しをむける。

その視線に気付いた苻子はあわてて表情を和らげ、ちょっとわざとらしいほどの明るい声で言った。

「ところで、卜占の結果は知っている?」

一年の間に二人の宮が亡くなるという不幸に、陰陽寮で大がかりな卜占が行われることになっていた。

とつぜん話題を変えた苻子の意図を察したのか、征礼も表情を和らげた。

「いや、そういえば確か今朝だったよな」

「御所に穢れがあり、と出たそうよ」

征礼は怪訝な顔をした。瀕死の者を外に出すほど神経質な内裏で、まだ人の目に触れていない穢れがあるというのだから驚きだ。

「え、どこに?」

「そこまで細かくは分からないわ。今日も一応はざっと調べたらしいけれど、これといったものは見当たらなかったんですって。日が暮れてしまったので明日にもう一度捜索するそうよ」

征礼はふむとうなずいた。

「そうか。あんがい床下とかを探してみたら、犬が子を産んでいるのかもしれないな」

人のお産のみならず、実は犬の出産も穢れとされている。しかし人間とちがってどこでもかしこでも子を産むから防ぎようがない。

「お妃様達とちがって、犬は里帰りなんかできないものね」

笑いながら荇子は言った。犬を后妃方に喩えるなど、相手によって不遜だと糾されかねない発言だったが、征礼は咎めもせずに苦笑いを浮かべただけだった。

仔犬はいなかったが、代わりに雀の骸が藤壺の床下から見つかった。

この鳥が弘徽殿女御の愛玩鳥だったことから、御所の空気が一気にぴりつきだした。

当世で雀の飼育は珍しいものではなく、十姉妹や山雀と並んで飼い鳥としては一般的な存在だった。弘徽殿では雀を数羽飼っており、女御が非常に可愛がっていたという。そのうちの一羽が骸となって、よりによって藤壺の床下から見つかってしまったのだ。

藤壺と弘徽殿はかねてより仲が悪かった。中宮と女御という主同士がではなく、たがいの女房達がなにかといがみあっている。

いかに零落しようと自分達の主人は中宮であると高慢な姿勢を崩さない藤壺の女房と、飛ぶ鳥を落とす勢いのまま不遜な態度で御所で幅を利かせている弘徽殿の女房の仲が円満であるわけがない。

雀の骸にかんして、藤壺は嫌がらせに弘徽殿が放り込んだもの。逆に弘徽殿は、藤壺が怨恨から女御が可愛がっている雀を殺したにちがいないと主張しているのだ。

さりとて、どちらにも裏付けとなる証拠があるわけでもない。まして小鳥が死ぬなどの日常茶飯事に、いちいち事件性などを疑えない。よって二つの殿舎の不満を無視して、この件は穢れに対する祓を行っただけで片付けられてしまったのである。

結果、両者の間にはわだかまりが残り、元から悪かった仲がさらに険悪化した。

こじれた他人の話題は、いつの世も楽しい。

この件にかんして内裏女房達は興味津々で、今日も台盤所で噂話に花を咲かせていた。

御所で実質的に中心をなす殿舎・清涼殿には、帝が政務を行う昼御座が東廂に、居住区の各室が主に西廂に設えられている。台盤所は西廂の一角で、その名が示す通り帝の御膳を準備する場所ではあるが、女房達の詰所としての機能も持ちあわせていた。

その日、お気に入りの柳の唐衣をつけた荇子は、日頃から親しくしている二人の同世代の命婦達と雑談をしていた。命婦とは女官の職名のひとつで、その地位は内侍と同じく中臈である。彼女達はそれぞれに桜のかさね、薄花桜のかさねの唐衣を身に着けている。背格好が似ているので、そうして並んでいると姉妹のように見えた。

「でも弘徽殿の方々は、よく雀に砂遊びをさせていたでしょう。壺庭であんなことをしていれば、蛇や鷹に襲われたってしかたがないわよ」

言外に〝自業自得〟と含ませた桜かさねの命婦の言い分に、荇子はあいまいに相槌を打つ。蛇や鷹であれば捕食してしまうから骸は残らぬのではと思ったが、ここでそれを指摘する必要はない。動物が犯人だとしたら、おそらく猫であろう。猫は食べもしない小動物を、狩りを楽しむように弄ぶ。

「しかも羽根切りをしていたのだから、襲われたらいちころじゃない」

薄花桜の命婦は非難がましく言ったが、確かにそれは荇子もいい気はしなかった。

飼い鳥にしばし行われる羽根切りは、飛べなくなるわけではないがその飛行能力を低下させる。ゆえに餌をやろうと蓋を開けた際、籠から逃げ出すなどの事態を抑止できる。だからこそ壺庭での砂遊びなどができたのだろうが、それは同時に敵から逃げるという能力を奪うことにもなるのだ。

弘徽殿の女房達の言い分としては、庭に放つときは端女（はしため）に見張らせているということだったが、この者がだいぶ耄碌（もうろく）しかけており、庭遊びをさせながら筵（むしろ）の上でうつらうつらしているのを女官達が良く目にしていた。あれでは襲われた現場に遭遇（そうぐう）したところで、首尾よく追いはらうなどできるわけがなかった。

「けっきょく雀は、猫に襲われたのかしら？」

「それが僕（しもべ）が言うにですよ」

とつぜん話に飛びこんできたのは卓子だった。簀子（すのこ）との区切りに下ろした御簾（みす）の割れ目から、八重山吹（やえやまぶき）のように華やかで愛らしい顔をのぞかせている。

「び、びっくりした。なによ、とつぜん」

思わず胸を押さえる荇子にかまわず、卓子は御簾を押しやって中に入ってきた。そうしてちゃっかりとその場に席を得る。この人懐っこさと物怖（ものお）じのなさは、卓子のような愛くるしい容姿の持ち主にはけっこうな武器である。あんのじょう二人の命婦も、不躾（ぶしつけ）を叱責（しっせき）することもなくしようがないとばかりに笑っている。

この二人は普通に優しい者達だからいいが、世間には若くて美貌（びぼう）の持ち主だというだけで敵視する者が少なからずいる。そういう相手とぶつかったとき、人の悪意に対して免疫（めんえき）のない卓子がどう対応するのかと荇子は心配でならない。

「僕っていうか、私が話を聞いたのはその者の息子からなんですけど」

人見知りと分け隔(へだ)てをしない卓子が、端女や僕などの身分の低い者達とも気さくに話していることは皆知っていた。

「その男童(おのわらわ)がいうには、おそらくですが弘徽殿の雀は誰かが殺したのだろうって」

卓子の証言に苻子は眉間にしわを寄せる。誰かというのは普通は人を指す。猫や猛禽類(もうきんるい)を〝誰か〟とは言わない。

「え？　なに、それ」

「どういうことなの？」

食いつき気味に命婦達が、卓子に詰め寄る。

「雀の骸はどこも傷がなかったそうです。猫や鷹でしたらそんなことにはならないでしょう。蛇でしたら丸呑(まるの)みにしますから、そもそも骸が残りませんし」

蛇の条(くだり)で二人の命婦が露骨に顔をしかめた。大和の田舎(いなか)育ちの苻子とは、野生に対する感受性がちがうようだ。

「だから毒餌を食べさせたのか、それとも捕まえて水につけこんだのではないかと言っていました」

大きな目に好奇心をいっぱいに湛(たた)えて卓子は語るが、命婦達は完全に引いている。両方ともに残酷ではあるが、特に後者は場面を想像するとかなりえげつない。

命婦達の今後の卓子に対する印象を心配した荇子は、取りなすつもりで言った。

「毒餌って、もしかしたら毒のある草花を食べただけかもしれないでしょう」

「馬酔木ですか？　眩草ですか？　蝿毒草とか？　それとも烏頭とか走野老とか？　でも雀って木の実は食べても、葉や花は食べないですよね」

次から次へと卓子は毒草の名を挙げてゆくが、野草に馴染みのない命婦達は完全においてきぼりである。取りなすつもりで口にした言葉だが、どうやら逆効果になりそうだ。この件で卓子には変人、田舎者の烙印が押されたのかもしれない。

（そもそも馬酔木はともかく、烏頭や走野老みたいに物騒な草が御所の庭にあるわけがないでしょうに）

二人のうち、いくらか気丈な薄花桜の命婦が尋ねる。

「では、誰が雀を殺したの？」

けっこうに核心をつく問いに、荇子はぎくりとして卓子の反応をうかがう。考えなしに個人名をあげられたらえらいことになると思ったからだ。

「それは分かりません」

荇子の懸念に反して、あっさりと卓子は答えた。噂に便乗して、藤壺か弘徽殿の者の名をあげるのではと危ぶんでいたのでほっとした。

「それでその話を、弘徽殿の女御様はご存じなの？」

「女御様のことは存じませんが、弘徽殿の侍女には話したと男童は言っていました。だから藤壺の仕業だと騒ぎ出したのだと思います」

「なるほど……」

弘徽殿の者達も、なんの根拠もなく藤壺を疑ったわけではなかったようだ。

しかし藤壺側にも、雀の骸を自分達の殿舎の床下に隠す理由がないのだ。そんなことを言われれば、逆に弘徽殿が濡れ衣をきせるために工作したのではと疑いたくもなる。

「雀の骸を見つけた男童は、弘徽殿に仕えている者なの？」

荇子の問いに卓子は首を横に振った。

「親子三代にわたって御所に仕えていると言っていました。ですから弘徽殿にだけ特に懇意というわけではないはずです。岩魚という名の六、七歳ぐらいの子ですが、昨年中宮様が里内裏に御下がりになられたときは付き添ったと言っていましたよ」

昨年の里帰りというのなら、まちがいなく御産のときであろう。そういう立場の者なら、弘徽殿の指示を受けて雀の骸を藤壺に捨てたということはなさそうだ。

荇子は首を傾げたあと、思いついたように言った。

「もしかしたらどこかの子供の仕業で、叱られるのが怖くて床下に打ち捨てていったんじゃないのかしら」

御所はあんがい子供が多い。帝の子女や童殿上に上がった貴族の子弟だけではなく、厨女や端女の子供など身分の低い者も多数出入りしている。その身分ではさすがに屋内には入ってこないが、庭などでたまに見かけることがある。卓子が話を聞いた僕の子供もその類の存在だ。

身分にかぎらず小さな子供というものは、特に男童はたまに恐ろしいほどに乱暴で残酷な真似をする。小さな生き物を弄んで殺すなど、田舎では日常茶飯事だった。

「あんがい、そんなところかもしれないわね」

桜かさねの命婦が同意したとき、けたたましい子供の泣き声が聞こえてきた。

四人はいっせいに顔を見合わせる。台盤所にいた他の女房達もざわつく。襖障子を隔てた先の昼御座にいる帝、朝臣達にもとうぜん聞こえているだろう。

「見てきます！」

いち早く立ち上がったのは卓子だった。反射的に荇子も立ち上がる。好奇心とか物見高さではなく、単純に卓子がなにかしでかしそうで心配だったのだ。

簀子に出ると、泣き声はいっそう激しくなってきた。

清涼殿の北側に回ると、左手に藤壺、右手に弘徽殿が見える。

三つの殿舎に挟まれた壺庭で、細長姿の女童が二人泣き叫んでいた。

服装からして端女とも思えないので、おそらく妃達に仕える者達だろう。一人は十歳前後と思われ、目を真っ赤にしながらも相手をにらみつけている。対してもう一人はそれよりもさらに年少のようで、玉砂利にへたりこんでおんおんと泣きわめいていた。

どちらに分があるかは一目瞭然だが、荇子の目を引いたのは女童達ではなかった。

声を上げて泣いている女童を横でなだめているのが、征礼だったのだ。

もちろん彼がこの場所を偶然通りかかったとしても不思議ではない。侍従職にある征礼は、この付近をよく行き来している。

「ほら、もういいから藤壺に戻りなさい」

どうやらこちらの女童は藤壺の者らしい。女房装束では地面に降りることもままならぬので、荇子と卓子は高欄越しに様子を見守っていた。

征礼に促された女童は、鼻をすすりながら抵抗する。

「だ、だって……だって、美晴が私をぶっ……」

「茅が先に石を投げてきたからでしょう！」

声高にもう一人の女童が叫んだ。彼女は美晴という呼び名らしい。藤壺側の女童は茅と呼ばれているようだ。

「美晴が、私達が雀を殺したなんて言うからじゃない！」

茅の反撃に、荇子と卓子は目を見合わせた。

美晴のほうも、悪びれたふうもなく言い返した。

「だってそうなんでしょ。女御様がときめいておられるから妬んだにちがいないって、弘徽殿ではみな言っているわよ」

やはりこちらは弘徽殿の女童だった。こんな年少の者達まで対抗意識をむき出しにするとは、殿舎の中では日常的に相手の悪口を言いあっているのだろう。

ここまでの経緯から推察するに、二人の女童はこの場で鉢合わせて罵りあった。そうして茅のほうが耐え切れなくなって石を投げつけた。おそらくだが口では年長の美晴には敵わずに癇癪を起こしてしまったのだろう。それを皮切りにとっくみあいの喧嘩となり、いまに至るというわけか。

（まあ、確かに石を投げちゃだめよね）

当たり所によっては大怪我をしかねない。美晴が怒るのはとうぜんだが、報復としてはいささかやりすぎな感は否(いな)めない。どちらも深刻な怪我はしていないようだが、服装と髪の乱れは茅が著(いちじる)しい。

あらためて見ると二人の体格差は歴然としており、美晴のほうが一回りも大きかった。子供にそこまで求めるのは酷かもしれないが、美晴が手加減なしでまともに茅にぶつかっていったのなら、これは弱い者いじめと言われてもしかたがない。

征礼はため息をついた。

「なれど茅が投げた石はそなたにぶつからなかったのであろう。ならば年少の者をここまで打ち据えずともよかろう」

喧嘩両成敗という言葉もあるし、どうやら先に手を出したのは茅らしいので、征礼の物言いは叱りつけるようなものではなく、噛(か)んで含めるように穏やかだった。

痛いところをつかれたとみえ、美晴は頬(ほお)を赤くして悔し気に唇を結んだ。いくつも下の子をここまで痛めつけてしまったことは、それなりに後悔しているようだった。

これで収拾(しゅうしゅう)する、そんな気配がただよったそのときだった。

「美晴を責めるのは筋がちがいましょう！」

いつのまに来たのか、弘徽殿側からの渡殿(わたどの)に数名の女房が出てきていた。

言い分からも方角からも歴然としているが、弘徽殿に仕える女房達だ。一の人たる現左(さ)

大臣が、愛娘の入内に際して選んだ者は評判の美女ばかりである。その中で一歩前に進み出たのは、樺桜の二陪織物の唐衣をつけた女房だった。二陪織物の唐衣と表着は上臈にしか許されない禁色だ。豪奢な衣装に負けぬ人目を惹く美貌の持ち主で、くっきりした目鼻立ちの端々に高慢さがぎんぎんににじみ出ている。

「藤侍従殿。先に手を出したのはそちらの藤壺の女童。ならば美晴は少しも悪くございませんでしょう」

藤侍従とは征礼のことである。

鬼の首を取ったかのような女房の物言いに荇子は呆れた。まったくいまの征礼の苦言をどういうつもりで聞いていたのだ。当事者の美晴が忸怩たる素振りを見せていたのに、なぜいい年をした大人が子供の喧嘩を蒸し返す。

征礼は苦々しい顔をしたが、そこはすぐに気配を消してなだめるように切りだす。

「確かに先に手を出したのは藤壺の女童です。相手が誰であれ、いえ、獣であっても生ある者に石を投げるなどしてはならぬことです」

なるほど。最初に茅の非を認めることで、ひとまず弘徽殿の顔を立てる方向で話をするつもりらしい。

「されどこのように幼弱な者がしたことですゆえ、慈悲の心を持ってしかるべきかと。なにしろあなた方は一の人のご息女で、主上のご寵愛も厚い弘徽殿女御に仕える者なのですから」

妃としての身分は中宮たる藤壺が上だが、現実的な勢力は弘徽殿が上である。数年前に父親を亡くした中宮とは比較にならない。

そして主上の寵愛は、妃の勢力に比例している。

それはまったく順当な行為で、妃を身分や後ろ盾に応じて遇することは、朝廷を平穏に保つために必要不可欠なことであった。

場を収めるために、正論で論破する必要はない。そもそもの原因は、美晴が〝雀を殺した〟と茅を挑発したからだなどと言えば火に油を注ぐ結果になりかねない。

切々とした征礼の語り口調に、女房達は満更でもない顔をする。どうやら、これでなんとか収まりそうである。

（頑張って、征礼。あと一押しよ！）

荇子は心の中で、幼馴染に声援を送った。

「ちょっと待ってください！」

声をあげたのは卓子だった。

あまりにも突然すぎて、なにが起こったのか荇子は理解が追い付かなかった。

あっけに取られる荇子の横で、卓子はぐいっと一歩前に進みでた。

「少しも悪くない、なんてことはないです。もともとはそちらの女童が、藤壺の子を怒らせることを口にしたそうですから」

叶うのなら卓子の口の中に、庭に敷き詰めた玉砂利を押しこんでしまいたい。征礼の努力のすべてを水泡（すいほう）に帰（き）す発言に、荇子がこんな乱暴なことを思ったのはしかたがないことであろう。

あんのじょう征礼は両手で顔をおおい、がっくりと項垂（うなだ）れた。荇子はできるだけ間近な場所まで行き、簀子（すのこ）から身を乗りだしつつ彼に声をかけた。

「ちょっと、大丈夫？」

「しらん。いま火の粉は、確実にお前らのほうにかかったぞ」

「……」

体温が一気に下がった気がしたが、当事者である卓子は高揚（こうよう）している。

「私、二人のやりとりを聞いていました。そもそもそちらの美晴が、藤壺の方が雀を殺したと挑発したから、茅は石を投げてしまったのです。そちらにいる江内侍（ごうのないし）さんも聞いていますから」

巻きこむな！　荇子はいますぐ卓子の襟首（えりくび）をつかみ、御匣殿（みくしげどの）に叩き込んでやりたい衝動にかられた。貞観殿の一角にある御匣殿は、女蔵人の侍所でもある。

卓子が正義感と純真から首を突っ込むまでは百歩譲っても、そこでなぜ私の名前を出す必要があるのだ。

生涯宮仕えを希望する者として、荇子は可能なかぎり軋轢を生まないよう気を付けてきた。甲斐あって八年間、少々の煩い事はあっても無難にやり過ごしてきたのに、ここに来て帝の気紛れから長橋局に目をつけられる次第になった。それだけでも頭痛の種なのに、このうえ后妃達の争いに巻き込まれるなどごめんこうむる。

卓子の発言に、いったん治まりかけていた女房達の顔がみるみる紅潮した。

これ以上余計なことを言う前に黙らせなければ。もはや手遅れな気もするが……。

さりとてどうやって制するべきかも整理もできないまま、それでも荇子が口を開きかけたときだった。

「まことに。こちらだけが責められるのは筋違いというものでございましょう」

凛として威厳に満ちた声は、藤壺から伸びた渡殿に現れた女房のものだった。

荇子より少し年長のその女房は、まさに目を見張るほどの佳人であった。

白磁の肌を持つ小さな瓜実顔。目鼻立ちは神秘的なほどに整っており、その美しい色を時によって変える気紛れな酔芙蓉を連想させる。

すらりとした身体に滝のように流れ落ちる豊かな黒髪。表着は白の小葵地紋に唐花を織り出した二陪織物で、裏に紫の平絹をあわせた白躑躅のかさね。唐衣はつけずに裳だけを引きかけた姿は、ややくだけたときの女房の装いである。

美しすぎて冷ややかな印象さえ受けるこの女房を、荇子は以前から知っていた。

内府の君と呼ばれる、藤壺の上臈だ。話したことはないが、この美貌なら誰だって記憶に残る。彼女の後ろには同じく中宮付きの女房が数名出てきている。

二組の女房達は、それぞれに渡殿の端までやってきた。簀子にいる荇子達を挟んで、弘徽殿と藤壺の女房達がコの字の形で角突き合わせることになった。

内府の君は高欄越しに、弘徽殿の女房達を睥睨した。圧倒的なその美貌に、女房達はひるんだように半歩後じさる。

「このさいだから伝えておきます。当方は貴殿の雀を害してなどおりませぬ。そちらの管理不行き届きで、当舎の床下から骸が見つかって大迷惑をこうむっております」

言い分は正しい。自分の家で他人が飼育していた生き物が死んでいたなど、こんな迷惑なことはない。そのうえ殺したなどと中傷されているのだから、まさにふんだりけったりである。

「あ、あなた達以外にいったい誰がそんなことをするというのよ」

樺桜の唐衣を着た上臈が、先陣を切るように反論した。一目したときは美人だと思ったが、内府の君の段違いの美貌の前では霞んで見える。

これには他の藤壺の女房達も黙っていない。

「なんですって！」

「なんの証拠があって、そんな因縁をつけるのよ」

内府の君の周りでやいのやいの騒ぎ立てる。こうなると弘徽殿も猛然と反論する。

「決まっているでしょ。ときめいておられる女御様を妬んで――」

「はあ、こっちは中宮様よ。女御なんか歯牙にかけないわよ」

双方の女房達が剣突きあう中、内府の君だけは冷ややかにたたずんでいる。しかもその冷たい眼差しは、弘徽殿のみならず同僚である藤壺の女房達にも向けられていた。

身分と容姿で圧倒的に他者を凌駕する女人の本性を見た気がして、荇子は震えた。

それにしてもこの騒動をどうしたものかと考えあぐねていると、征礼が高欄の下からささやいた。

「おい、いまのうちに乙橘を連れて逃げろ」

「え!?　で、でもこのまま放っておいて……」

「お前、人が好きすぎだよ」

あたふたとする荇子に、征礼は呆れ果てたように言った。

その言葉に荇子はわれに返った。

そうだった。いま優先すべきは、これ以上巻きこまれないようにすることだ。軽はずみにも卓子が荇子の候名を出してしまったが、そのあとすぐに藤壺の女房達がやってきたので弘徽殿の者達の記憶には残っていないだろう。

これぞまさしく不幸中の幸い。

よっしゃとばかりに、荇子は高欄から身を離して卓子を連れ戻そうとした。

「誰が害したのかというのなら、貴殿の管理不行き届きのせいでしょう」

冷ややかに言ってのけたのは内府の君だった。

その冷静な声は、荇子も含めて瞬時に人々を凍りつかせた。

「そもそも、いくら小鳥だからといって多頭飼いすることが愚かなのです。たいていの生き物は餌を奪いあって争います。現に私の局にそちらの雀が入りこんで白粉を荒らされました。本当に迷惑このうえない」

辛辣な言葉が淡々と冷静に述べられるから、かえって胸に突き刺さる。

ちなみに白粉は米粉を使うことが多いので、餌が不足していればそういうこともありうるだろう。胡粉や高級品の鉛白の白粉ならばそんなことは起きない。

しかしこの最後の言葉に、弘徽殿の女房達はいっせいに反応した。

「なっ、では死んだ雀はあなたの局に入りこんでいたというの？」

「それじゃあ、あなたが一番怪しいじゃないの」

ぎゃあぎゃあと喚(わめ)きたてる弘徽殿の女房達を前に、藤壺の女房達も驚きを隠さない。どうやら白粉の件は彼女達も知らなかったようだ。

「虚(うつ)け者」

内府の君が口にした言葉を、荇子は聞き違いかと思った。

女房達は、藤壺も弘徽殿も耳を疑うような顔をしていた。

それも然(しか)り。そんな言葉、君臣か師弟の関係でしか言わない。ましてや同僚になど絶対に使わない。

しかし内府の君はまったく動じていない。

「ぶっ、無礼な——」

「言葉尻だけを捉え、人にあらぬ疑いをかけるあなた方のほうがよほど無礼というもの」

樺桜の女房の反撃を、内府の君はぴしゃりと撥(は)ねつけた。

「だいたい私が下手人(げしゅにん)なら、自らそんなことを口にするはずがありません。そもそもなにゆえそちらではなく自分達の殿舎に骸を捨てるのですか。そんなことも考えつかぬとはなんと愚かな。あなた達の頭に入っているものは糠か大鋸屑ですか？」

辛辣な言葉を一切の躊躇なく、しかも理論的に語りつづける内府の君に荇子はまたもや震えた。青ざめる弘徽殿の女房達の中で、樺桜の上臈だけは顔を真っ赤にしている。そうして彼女は果敢にもなにか反論しかけたのだが。

「なっ……」

「そんな人達を〝虚け者〟と呼んでなにが悪いのです」

一刀両断するかのようなとどめの言葉に、樺桜の女房は陸に上がった魚のように口をぱくぱくさせる。このまま憤死するのではと危ぶむほどの形相だった。

やがてその顔がぐにゃりと歪み、ひっ、ひっと息切れのように短い声を出す。そのまま彼女はぶわっと泣きだしたのだ。

一瞬、なにが起きたのかと思った。

たとえ大人でも、女人が泣くことは正直珍しくない。失恋はもちろんだが、上司に厳しく叱られたときなど、泣きじゃくる者はけっこういる。若い女房や女孺が、長橋局のねちっこい一方的な説教に泣いているのはたまに見る。

しかしこれは、ちょっと状況がちがう。

対等の立場にある成人女性同士が堂々と口論したあげく、片方がぐうの音も出ないほどに言い負かされて泣かされたのだ。

これにはさすがに藤壺の女房達も驚いた顔をしたが、当事者たる内府の君は平然としたまま表情を崩さない。痛快だとか小気味よいとかの反応すらないのが逆に怖い。

樺桜の上臈はなにやら叫び声をあげて、踵を返して簀子を走っていった。

一拍置いて、仲間である弘徽殿の他の女房達もあとを追う。二戦目は交えないつもりらしい。内府の君のあの容赦のなさを目の当たりにしたら、荇子だって敵前逃亡したくなる。いつのまにか美晴の姿も見えなくなっていた。壺庭にいたのは征礼と茅だけである。

いっぽう勝利を収めた側の弘徽殿の女房達も、さすがに落ちつかない素振りでたがいを見つめあう。

「ちょっと、やりすぎじゃないの？」

一番年長者と思しき女房が、わざとらしく苦言を口にする。

言葉だけ聞けば状況を慮った発言だったが、荇子は不快な気持ちになった。自分達だってめいっぱいやりあっていたくせに、事が済んでから手柄（？）を立てた相手に見識ぶった口を利く。

個人的な私怨かもしれないが、長橋局の嫌みがこんな感じだった。部下の手柄ががまんできずに、後からあれこれといちゃもんをつける。もちろん内府の君が容赦無さすぎだというのは間違いないのだが。

「なぜですか？　私は間違ったことは申しておりませんよ」

弘徽殿の者達に対するのと同じくらい冷ややかな声で、内府の君は言った。

発言者の女房はぐっと口をつぐみ、だがすぐに反撃する。

「でもあの上臈は、確か右大将の娘で……」

「親の身分に忖度して遠慮するなら、最後まで黙っていたらよかったでしょう。私は茅を助けたかっただけですから、あなた達が余計な口を挟まなければいらぬ労力も使わずに済んだのです」

どうやら藤壺の女房達が、途中から口を挟んだことを言っているようだ。

樺桜かさねの弘徽殿の女房が、雀の骸にかんして〝あなた達以外に誰がそんなことをするのか〟と叫んだとき、藤壺の女房達はいっせいに反撃をはじめた。

この内府の君の発言に、女房達は顔を赤くした。

「ちょっと、その言い方はひどくない？」

「そうよ、私達はあなたを助けようと――」

「はあ？」

内府の君の声は三度目の震えが来るほど、あからさまな蔑みに満ちていた。はっきり言って弘徽殿の女房達に対するより冷ややかだ。見ると高欄下の征礼もわずかに慄いているかのようだった。

ひょっとして同じ主人に仕えながら、この人達の仲は円満ではないのだろうか？

そう考えた途端、ここまでのやりとりがすっと腑に落ちた。

「あなた達が、私を？」

温度のない内府の君の声は、荇子の推測の正しさを証明するかのようだった。

藤壺の女房達はそろって肩をびくつかせたが、その中で二陪織物の唐衣をつけた上臈が勇気を振り絞って反撃する。

「いちいち恩知らずな人ね。さっき言っていた白粉だって、あなたのものではなく中宮様が下賜してくださったものじゃないの。それなのにいかにも自分のもののように――」

「私が中宮様から賜ったものは、白粉を容れる容器であって白粉ではありませぬ。雀に食われた白粉は私が準備したものです」

一言言ったら、その倍は反撃されるといった感じである。女房達が浅はかなのか内府の君が怜悧だからなのかは判断しがたいが、多勢に無勢だというのにどうみても女房達のほうが旗色が悪かった。

しかし中宮から下賜された白粉容れというのは、少々意外であった。

もちろん中宮が使っていた容器なら細工もさぞ豪華であろうし、配下の女人に下賜するのに十分ふさわしい品であるはずだ。

だが噂に聞く内府の君の宮仕えの事情が本当であれば、この主従がたがいに慕いあっているとはとうてい思えなかったからだ。だからこそ藤壺の女房達も、自分達をさしおいて〝なぜ〟という気持ちになるかもしれない。

（でも、中宮様からの下賜品って……）

ふと荇子の脳裡にある考えが浮かんだ。それはこの場で口にする価値があったものかもしれないが、目の前の騒動に注意を持っていかれてその余裕がなかった。

そうでなかったとしても、この状況下に口を挟むなど絶対に嫌だ。先ほどは卓子の軽はずみで危うく女房達の争いに巻き込まれそうになったものの、ぎりぎりのところで回避できたばかりなのに。

内府の君の反論に、女房達は返す言葉もなく黙りこむ。客観的に聞いて内府の君は屁理屈は言っていない。対して女房達の言い分が完全な言いがかりだから、けっきょくは正論で言い負かされてしまうのだ。

気まずげな空気の中、女房達はたがいに目配せをしあう。そのあげく「なんなのよ」と捨て台詞を吐いて、逃げるように殿舎の中に入っていった。

渡殿には内府の君一人が残っている。彼女は、泣きはらした目のまま呆気に取られたように自分を見上げる茅を一瞥する。

「なにをしているの。さっさと持ち場にお戻りなさい」

素っ気なくはあるが、声音はずいぶんと温かみのあるものだった。茅はこくこくとうなずき、むこうに駆けていった。おそらく階があるのだろう。

茅の姿が見えなくなると、内府の君は征礼と卓子を交互に見た。

「藤侍従、それとそちらの女房方にもご迷惑をおかけいたしました」

果敢にも弘徽殿の女房達に抗議をしたとき、卓子はあちらの渡殿にまで上がっていたのだ。ちなみに荇子は征礼に近づくために藤壺寄りの簀子にいた。

内府の君の謝罪に、征礼は申し訳なさそうに頭をかいた。

「いえ、私のほうこそかえって騒ぎを大きくしてしまったようです」

「ちがいます。騒ぎを大きくしたのは私です」

卓子が声を張り上げた。よく分かっているではないかと荇子は思った。

小走りをして卓子が、荇子達の間近まで戻ってきた。小鹿を思わせる弾んだ足取りと重たい唐衣裳がかみあわない。

その卓子を出迎えるように、内府の君は渡殿を降りて簀子に上がった。下に降りている征礼も含め、四人が間近な距離に集まった。

息を弾ませてやってきた卓子に、内府の君は言った。

「気になさらないで。あなたは本当のことしか言っていないのだから、なにも責任を感じることはありません」

目を輝かせた卓子に、荇子は思わず額を押さえた。

言い分は正しいので文句は言えないが、荇子としてはこれで卓子が増長しないことを祈るしかなかった。

「ありがとうございます。私、女蔵人（にょくろうど）の乙橘と申します」

「知っているわ。御匣殿（みくしげどの）にずいぶんと可愛（かわい）らしい女房が入ってきたと評判になったから」

愛想よいとまでは言えぬが、内府の君の比較的好意的な物言いに荇子は驚いた。藤壺や弘徽殿の女房達に対するそれとあまりにもちがいすぎたからだ。しかし考えてみれば茅にもそんな感じだったから、彼女は誰彼構わず冷淡というわけではないようだ。

卓子は下がり端（さがりば）が揺れるほど、ぶんっと首を横に振った。

「そんなこと。内府の君様のほうが全然おきれいです」

卓子の称賛に、内府の君は否定もせず微笑で返しただけだ。自分の美貌（びぼう）を自覚し、かつ圧倒的に自信を持った者だけができる反応だった。

年少者に優しいあたりは悪い人間ではなさそうだが、色々と人種がちがう。あまり近づきにはなりたくない人だと考えていると、またもや卓子が余計な口を利いた。

「あ、こちらの方は私がお世話になっている江内侍さんです」

余計なことを、と荇子は閉口した。

できることなら、こんな強烈な個性の持ち主とは知り合いたくなかった。とはいえ、この状況となっては挨拶をしないわけにもいかない。こうなっては身分が低い自分から頭を下げねばと、荇子は居住まいをただしたのだが——。

「存じているわ」

さらりと内府の君は言った。

存外な発言に怪訝な顔をする荇子に、内府の君は涼しい顔で答えた。

「能筆を見込まれて、主上から直々に奉書役に抜擢された方でしょう。御所で知らぬ者はいなくてよ」

「どうして、いつも考えなしに突っ走るの！」

珍しく大声をあげた荇子に、さすがの卓子も堪えたとみえてしょぼんとしている。

内府の君と別れたあと、いそいそと御匣殿に帰ろうとする卓子の襟首をつかんで自分の局に引っ張りこんだのだ。なりゆきで一緒についてきた征礼も含め、さして広くもない苻子の局に三人の人間がひしめいていた。

「だって、あのままじゃ茅がかわいそうじゃないですか」

しおらしくしておいて、しっかり反撃はする。しかもそれが人間として正しい方向だから苻子もそれ以上強く言えない。そう、いつもなら——。

「確かに原因を作ったのは美晴だし、茅を一方的に責めるのはちがうと私も思うわ。だけどどんなに悔しくても、石を投げるような乱暴をしてはいけないのよ。特に先に手を出したら世間的には負けだからね。それをせっかく征礼がうまくおさめかけて——」

「いや、でも俺がいったんおさめたところで、あんなふうに内府の君に出てこられていたらどうにもならなかったよ」

征礼の余計な一言に、卓子は胸の前で両手を組んで目を輝かせた。

「内府の君様って、すっごくかっこいいですね。しかもあんなにおきれいで、弁も立つってすごくないですか？」

「……すごいけど、喧嘩相手としては怖いわよ」

「喧嘩になんかなりませんよ。だって私達の味方をしてくださったじゃないですか」

もはや完全に内府の君に心酔している。あれは味方というのは違うだろう。確かに敵意は感じなかったが、特別好意的というわけでもなく、迷惑をかけたほぼ初対面の相手に対する普通の態度だった。ただ直前の弘徽殿と藤壺の女房達への対応が苛烈だったので、相対的に優しく感じてしまうところがあっただけだ。

「だけど大丈夫かな？　弘徽殿はともかく藤壺に、自分の同僚にあんな態度に出て」

内府の君の今後にかんして、征礼は心配そうだ。

本当のことを言えば荇子も慄いた。今後も同じ屋根の下で過ごさねばならぬ同僚相手にあのようにふるまってしまっては、普通に考えて職場は針の筵となる。長橋局との関係に疲弊している荇子からすると、信じられない強気な態度である。

もっとも藤壺の女房達は最後まで戦わずに逃亡した。それは自分達に勝ち目がないと判断したからなのだろうけれど——。

「なんといっても内府の君だから、藤壺の女房達も一応は遠慮はしているのかもね」

「え、どういうことですか？」

卓子が大きな目をくりくりさせる。

荇子と征礼は顔を見合わせ、やがて荇子が口を開いた。

「内府の意味は知っているわよね」

「えっと、内大臣ですよね」

答えたあと卓子は口許で手を広げ、あっと声をあげた。

女房の呼び名は、父親や夫の官職からきていることが多い。ならばそこから内府の君の家柄を想像することは簡単だった。

内府の君こと藤原如子は、十年前に亡くなった先の内大臣の娘である。

藤壺中宮の父・先の左大臣の弟だったのだが、出世は兄に先んじていた。当時の先の左大臣は権大納言でしかなかった。

父親が存命であれば、今上の中宮はおそらく如子であっただろう。あるいは彼女は中宮より四歳若いから、六歳ぐらいの差なら年若い先帝の妃となっていたかもしれない。いずれにしろいくら上臈であろうと、女房になどなる立場の女人ではなかった。

後継となる父のない娘の行く末は、いかに身分が高かろうがたかがしれている。

十四歳で父親を亡くした如子の選択肢は、このまま残された資産でほそぼそと暮らしつづけるか、物持ちの受領の妻となるか、伯父の薦めに従って従姉である中宮の女房として宮仕えをすることだけだった。

ざっとかいつまんで説明をすると、卓子は納得したように大きくうなずいた。

「確かにそういう御家柄の方でしたら、他の女房達も一目おきますよね」

「でも内府の君が中宮様にお仕えなさると聞いたときは、左大臣もずいぶんと心無いことをなさるものだと思ったわよ」

荇子は先帝の時代から宮仕えをしているので、当時の経緯を覚えている。先の左大臣が本当に姪を助けたいと考えたのなら、自邸に引き取って左大臣家にふさわしい婿を迎えてやればよい。それを娘の女房として召し抱えるなど嫌がらせにもほどがある。彼が自分より出世が早い優秀な弟を疎んじていたのは有名な話だったから、ここぞとばかり忘れ形見の如子相手に雪辱を果たしたのだろう。よもや立后までさせた自分の娘が似たような境遇になるとは夢にも思っていなかっただろうが。

先帝が十二歳で即位をしたとき、中宮は二十二歳で釣り合う年齢とは言えなかった。高貴な姫ゆえに、身分と年齢で釣り合う男を探せないままその年齢まで独り身を通す結果となっていた。当時二十四歳だった今上は、いずれ廃太子させる予定だから左大臣にとって論外の相手だった。

不自然な年齢差の結婚は、政略結婚では珍しくもない。されど前の左大臣には、継室が産んだ当時九つの妹姫がいた。強引に年の離れた姉姫を押しこむより、ふさわしい年回りの妹姫が裳着を迎えればいずれと考えているうちに、帝もその妹姫もはやり病で亡くなったのだ。

先帝の崩御を受けての二十六歳の今上の即位。そこに持て余し気味だった二十四歳の娘を滑りこませて中宮にと押し上げた。

ここまでは誰の目にもうまく嵌まっていた。

しかし娘の立后から二年で先の左大臣は亡くなり、ただちに弘徽殿女御が入内した。

あとは言わずもがなで現状に至っている。

栄枯盛衰か、あるいは因果応報というべきなのか。あの気丈な内府の君は、従姉の凋落をどのような思いで見つめているのだろう。

「皮肉な話よね。そんな経緯で召し抱えられた内府の君が、いまでは藤壺で一番気丈にふるまっておられるのだから」

荇子は言った。如子が中宮の現状をどのように思っているのかは気になるが、その疑問を口にするのはさすがにちょっとえげつない。

「けど中宮様もご自身の白粉容れを下賜するぐらいだから、内府の君には目をかけているんじゃないか？」

「従姉妹同士ですもの。それに中宮様も父親の行為には、多少なりとも良心の呵責を覚えておられるのかもしれないわ」

荇子と征礼のやりとりを聞いていた卓子は、はあ～と感心したようなため息をついた。

「高貴な方のご結婚って、色々と大変ですね」

「結婚が大変なのは、女であればどの身分でも同じよ。だからあなたも殿方と接するときは慎重になさい」

実はこの言葉、口が酸っぱくなるほど繰り返している。さすがの卓子ももう辟易しているとは思うが、無邪気で無防備なふるまいを目にすると心配のあまりついつい口にしてしまう。

「心得ておりますってば。私も江内侍さんを見習って、信頼できる殿方を探します」

朗らかに告げられた卓子の一言に、荇子は怪訝な顔をした。信頼できるもなにも、荇子に恋人はいない。しかもこの年になるまで一度たりとも。

相手が卓子でなければ、当てこすりとしか思えない発言だった。しかし彼女の邪気のなさを考えれば、そういうことでもなかろうという気がする。

「別に私は、慎重を期して独り身をかこっているわけではないわよ」

「いえいえそうじゃなくて、江内侍さんには藤侍従さんがおられるではないですか」

物も言えずにいる荇子の横で、ばさりとなにかが音をたてた。見ると征礼が、懐中の扇と帖紙を床に落としていた。

「し、失敬……」

などと言いながら床に伸ばした征礼の手はわずかに震えていた。

不器用な所作で道具を拾い上げると、征礼はそのまま立ち上がった。

「そろそろ戻らないと」

「……あ、じゃあまた明日」

おそろしくぎこちないやりとりのあと、征礼は逃げるように局を出て行った。

きょとんとする卓子に、荇子は詰め寄った。

「変なことを言わないでよ。私と征礼はそんな関係じゃないのよ」

「え!? まだ文のやりとりをしている最中だとか」

「そんな発展途中の嬉し恥ずかしの男女が、御簾もなしに大和でタガメを採った話しで盛り上がるわけがないでしょう」

「それは、すでに心を許しあっているからではないのですか」

「そういう意味じゃなくて、私達はただの幼馴染だから。だいたい私は結婚をするつもりはないのよ」

見当違いの返答ばかりをする卓子に、荇子はついに断言した。

ここまでくるとさすがの卓子も空気を読んだのか、頰のあたりに不服の色を残しつつも押し黙った。

荇子はひとつ息をつき、気を取り直したように言った。

「だいたい征礼だって、そんなことは考えていないわよ」

征礼にかぎらず、世の中には善良で誠実な男性も大勢いる。その人達は、いずれは良き夫となり良き父親ともなるだろう。

だから人の結婚は素直に祝福できる。

けれど自分のこととなると、どうあがいても動かせない頑固なものが心に居座っているのだ。思い込みや偏見に近いことが分かっているのにどうにもならないのだから、もはや理屈ではないのだ。

いったん口をつぐみはしたものの納得はしていないとみえ、卓子はしきりに首を傾(かし)げつつぽつりと零(こぼ)した。

「だって江内侍さんがそんなふうに言い張っていたら、藤侍従さんは求婚したくても口にできませんよ」

――能筆を見込まれて、主上から直々に奉書役に抜擢された方でしょう。

荇子のことを知っていた理由を、如子(ゆきこ)はそう説明した。

後宮業務をまとめる内侍司の職掌は多岐に渡る。

その中でも特に重要なのが、奏請と伝宣だ。前者は臣下の意見を帝に伝え、後者は帝の意思を臣下に伝えることである。口頭の場合もあるが、仮名文字で文書を作成する場合は主に内侍司の女官が請け負う。

本来であれば長官たる尚侍の役割だが、現状では次官たる典侍共々空席となっている。ゆえに掌侍の第一臈である長橋局がその役目を務めていたのだが、彼女が休んでいたときにたまたまその代わりをした荇子の奉書が帝の目に留まったのだ。

帝は荇子の手蹟を絶賛し、褒美として絹三疋を授けた。たかだか内侍に対して破格の待遇である。

学者の家に生まれた荇子は少女の頃から書に親しんでおり、誰もが認める能筆家だった。その評判は伝宣の書を通して朝臣達の間にはすでに知れ渡っていたのだが、奏請の書にかんしてはこれまで記す機会がなかった。

妨害等があったわけではなく、基本が長橋局の役割だからという偶然である。

だからこそ出し抜かれたという気持ちが強かったのか、それ以降、荇子はなにかときつく当たられているのだった。

「江内侍」

内侍所にいた荇子を、同僚の弁内侍が呼んだ。今日は清涼殿での奉仕にあたっている彼女が何用でやってきたものなのか。

荇子は出勤簿から目を離した。命婦達の勤務状況を勘定していたのである。命婦の朝参管理、女嬬の検校等も内侍司の役割である。

「なに？」

「主上がお呼びよ」

荇子は眼を瞬かせる。

帝が内侍を呼ぶことは珍しくもないが、名指しでというのは稀だ。

手蹟の件以来、認識されていることは自覚している。されど絹も蔵人を介して受け取ったものなので、あのときでさえ帝から直接声がかかるようなことはなかったのだ。

あんのじょう他の内侍達はもちろん、女嬬までざわつく。

特に長橋局の目は気になったが、帝から直々に呼び出された衝撃のほうが勝る。

（え、いったいなぜ？）

見当がつかないゆえに、つい悪い方向にばかり考えてしまう。気も腰も重いが、一介の女房に拒否するという選択肢はないので、荇子は渋々と立ち上がった。

長い渡殿を進み、清涼殿に上がる。

帝は昼御座にいると聞いたので、東簀子に回る。白い玉砂利を敷きつめた庭に植えた呉竹と漢竹が青い若葉を繁らせている。

東簀子の中ほどに征礼が立っていた。彼は荇子の姿を目にすると、来い来いとばかりに手招きをする。荇子は小走りで彼の傍に近づいていった。侍従である征礼ならば、荇子が呼ばれた理由も知っているかもしれない。

「ちょうど良か……」

「主上がお待ちだぞ」

咎めるように言われ、荇子は頬を膨らませる。こっちは呼ばれてすぐに来たのだから、そんなふうに言われる筋合いはない。

「なによ、空を飛んで来いとでもいうの？」

「そういうつもりじゃないよ。なんでそんな怒るんだよ」

「怒っているのはどっちよ！」

軽く小競り合いをしていると、奥にある東廂との間の御簾が揺れた。そのことに気が付いたときには、もう誰かが出てきていた。

荇子は身を固くした。

白の御引直衣に緋色の袴を身にまとえる人物は、この世で一人だけ。

　今年三十歳になる今上は、身の丈高くすらりと伸びた四肢と、知性と愁いを帯びた面差しを持つ白皙の美男子だった。

「これはこれは……」

　静かな笑みを湛えた帝の背後で、彼が手ずから持ち上げた御簾が音をたてて落ちた。

「まことに仲睦まじい。筒井筒の仲とは、見ていてこうも微笑ましいものか」

　遠くからでも聞きなれた帝の声は、高すぎず低すぎずで語り口調はいつも柔らかい。しかし温度というものを常に感じない。四六時中、火を焚く銀の香炉が朝になるとひんやりとしたカネの塊に戻るように、芯の部分が冷え切っている。

　氷であればいかに巨大なものでも、炎にくべれば溶かすことができる。しかしカネは普通に熱しただけでは、その芯まで溶かすことはけしてできない。

　冷徹とも頑なとも取れるそれは、鍾愛の姫宮を亡くして間もないという状況故のものではなかった。四年前に即位をしたときから、今上はそんな部分を持ち合わせていた。宮仕えをはじめて八年になる荇子は、その姿を遠巻きながら知っている。

「見苦しいところをお見せいたしました」

　気恥ずかし気に征礼が言うと、帝はからかうような笑みを浮かべた。そうすると少しだけ表情に温かみが差す。征礼は今上が東宮の時代を支えた数少ない朝臣であるから、彼に対してだけはずいぶんと心を許している。側近ともいうべき蔵人所の者達には、帝はこんな表情をけして見せない。彼らにも表向きは人当たり良く接しているが、その差は歴然としていた。

帝は従来の熱のない視線を、苻子にと向けた。

「ようやく、参ったか」

言葉ほど腹も立てていないような口調に、苻子は返答に戸惑う。そもそも自分は呼び出しを聞いてすぐに来たのだから、文句を言われる謂(いわ)れはない。ひとまずその場に膝をつこうとすると、帝はそれには及ばないとばかりに手を横に振った。

「中に」

短く告げると、帝はくるりと背をむけて御簾内に入ってゆく。御引直衣の白い裾(すそ)が、下長押の上を波のように滑っていった。

戸惑って立ち尽くす苻子の背を、征礼がぽんっと叩いて進むように促した。それで苻子は征礼に押されるようにして中に入る。

帝のための平敷御座(ひらしきのおまし)は、東廂(ひがしひさし)に繧繝縁(うんげんべり)の厚畳(あつじょう)二枚と茵(しとね)を敷いて作られている。むかって右に額の間。左手には床を漆喰(しっくい)で塗り固めた石灰壇(いしばいだん)がある。

奥には御帳台(みちょうだい)と大床子(だいしょうじ)が設(しつら)えてある。奥は一面に襖障子(ふすましょうじ)が立てつけてあり、その先が西廂で台盤所もそこにある。内裏女房の荇子にとって見慣れた光景だが、それはいつも西側からで、こうして東側から見ることはあまりなかった。

「これを」

いつのまにか茵に腰を下ろしていた帝が、自分の前に置いた漆塗りの箱を指さした。ちょうど胸に収まるぐらいで、中身にもよるが女人一人でもなんとか持てそうな大きさだ。荇子は立ったまま反射的に尋ねた。

「なんでございましょうか？」

「仏具が入っている」

「はあ……」

仏前を作るために使う仏具には、火舎や花瓶等、実は細々としたものが多い。それらをまとめて容れれば、このぐらいの大きさにはなるだろう。仏像や曼荼羅図等大きなものもあるから、もしかしたら全部は入っていないかもしれない。

「若宮の一周忌が近い。それを中宮のもとに届けてまいれ」

なんでもないように命じられた一言に、荇子は怪訝な顔をした。

帝の遣いを果たすのは内裏女房の務めだが、わざわざ内侍所から荇子を指名してまでやらせることなのか？

他に人がいないということはない。台盤所には複数の女房がいる。命婦ではなく内侍にやらせなければならぬというのも通用しない。なにしろ帝に命ぜられて荇子を呼びに来たのは、同僚の弁内侍だからだ。

つまり帝はこの役に、敢えて荇子を指名したのだ。

理由が分からない。さりとてなぜ？　などとは訊けない。たかが内侍の身分で、帝の命に疑問を持つなど不遜でしかないからだ。まして別に無理難題を仰せつかっているわけでもなく、ここは素直に引き受けるしかない。

「承知いたしました」

荇子の答えを聞いて、帝の間近にいた征礼が箱を抱え上げた。

きょとんとする荇子に目配せをすると、彼は帝に言った。

「女人が一人で抱えるには少々重うございますゆえ、私が伴をいたします」

「え、大丈夫――」

「それはよいことだ。私としたことが気が利かずにすまぬな」

遠慮をする荇子の言葉を遮り、帝は機嫌よく言った。

すまぬなどと帝から言われ、荇子は恐縮する。その横で征礼が「滅相もございませぬ」と言葉ほどにかしこまってもいない口調で頭を下げた。

清涼殿から藤壺に行く道すがら、荇子は箱を抱えた征礼に疑問を投げかけた。

「なぜわざわざ私が呼ばれたのかしら？　台盤所にいる女房の誰かでもよさそうなのに」

「あ、それな」

やけに軽い口調で征礼は言う。

「断言はできないけど、主上がお前の名前を覚えておられるのは俺の所為(せい)だと思う」

「どういうこと？」

「いや、単純に俺がよく話をしているから」

「話すって、なにを？」

「お前のことを」

さらりと告げられた征礼の一言を、荇子は頭の中ですぐに処理できなかった。

征礼は荇子の混乱など気づいていないようで、進行方向を見たまま話しつづけている。

「大和にいたときは、二人で毎日みたいに野山で遊んでいたって。あのときはお互いに猿みたいな感じだったから、お前が裳着(もぎ)を済ませたら宮仕えをすると聞いたときは本当に心配してたけど、存外なほどにきちんとこなしているとか」

「……ちょ、猿って」

「だから子供のときの話だって、ちゃんと申し上げているよ。いまは頼りがいのある内侍の一人だってこともね」

どういうこともないように征礼は語るが、帝相手になにを話しているのだ。いや、ちがう。問題はそんなことよりも――。

(征礼が私のことを、よく話しているって……)

言葉を思い浮かべたとたん、頬が熱くなった。

そう、誰に話しているのかは問題ではない。征礼が自分のことをよく話しているという証言だけが、苓子をこれほど動揺させているのだ。

「そんなふうに俺が言っていたところに、先日の奉書だろ。主上がお前のことを特別に認識していても不思議ではないよ。俺、結構自慢したぞ。苓子は昔から達筆で、かねてより朝臣達の間では評判になっているって」

「いや、あの……」

「今日はたまたま仏具が届く前に、俺達が大和に住んでいた頃の話をお聞かせしていたので、それで興味を惹かれたのかもしれない」

どういうこともないようなこの語りで、苓子は改めて実感した。幼少時の思い出話に好んで耳を傾けるほど、帝が征礼に親しんでいることを。

蔵人頭の藤原直嗣が耳にすれば穏やかではないだろう。よほど鈍くないかぎり、ほとんどの臣下達は、帝が自分達との間に作る壁の存在は感じているはずだ。

征礼はそれがない、数少ない侍臣の一人だった。風向きも権勢も関係なく、東宮時代からひとえに支えつづけた結果である。征礼の誠実さや優しさを知る荇子は、まるで自分のことのように誇らしく感じてしまう。

荇子はわざとらしくふてくされて見せた。

「それで興味本位に私をお呼びになられて、中宮様へのお遣いを命じたわけね」

「言い方がひどいな」

くすっと笑ったあと、征礼は口調を改めた。

「まあ、いま中宮様をお訪ねするのは誰でも神経を使う。だから経験の浅い者には任せられない。かといっていくら筆頭でも、長橋局のように感情的な人も剣呑だ」

「弘徽殿側にあからさまに擦り寄っているしね」

軽蔑を隠さない荇子の物言いに、征礼は肩をすくませる。

先の左大臣が亡くなってから、朝臣達は掌を返したように藤壺を顧みなくなった。

彼らほど露骨でなくとも、大方の内裏女房達も似たようなものだった。昨年夭折した若宮が生きていれば少しは違っていたかもしれないが、子もなく帝の寵愛も途絶えた中宮に忠義を尽くしてもなんの利もない。

どのみち内裏女房の主人は帝であって后妃ではない。ゆえに最初から中宮に尽くす義務はないのだが、だからこそ勢力とは関係なくどの后妃にも平等に接するべきだと荇子は考えている。権勢の浮き沈みが激しい後宮で長く勤めるには、それが一番適切な選択だと思うからだ。

しかしほとんどの同僚達は后妃に対し、目先の勢力にその対応を多かれ少なかれ影響されている。

「そういうことをしないから、中宮への遣いは荇子が適任なんだよ」

なだめるように言うと、征礼は箱を抱えなおした。

仏具は昨年夭折した若宮の法要のためのものだった。無服の殤とはいえ、親として供養を行いたいという気持ちは別問題である。そのあたりに親心を感じられなくもないが、まるで下賜品のような対応には、親としての当事者意識の欠落を感じてしまう。

（女一の宮様のときは、あれほどお嘆きだったのに……）

親子として過ごした状況がちがうのだから一概には言えない。そもそも人の気持ちを想像で批判するなど、相手が帝でなくとも失礼である——そう理屈では思っていても不信が拭(ぬぐ)えず、やはり父親なんてこんなものだと思ってしまう。

無意識のうちに険しい表情となる荇子に、ぽつりと征礼が言った。

「母親だって、父親のちがいで子供に対する感情が変わることもあるんじゃないか？」

心を読まれたのかと思って、どきりとした。

征礼にどの程度の意図があったのかは分からぬが、それは的(まと)を射(い)た指摘だった。

一夫多妻の世で、異母兄弟はあたり前の存在である。同様に異父兄弟も珍しいものではなかった。一般的な夫婦関係が、女側が男を受け入れることで成り立つからだ。

荇子の周りに父親違いの子を持つ母親はいない。されど子の才能や性別で差をつける母親の話はしばし聞く。それが妻への寵愛で子に差をつける父親とどうちがうのかと言われたら反論できない。

観念して荇子はうなずいた。

「確かに、それはあるかも」

「だろ」

自分の偏見を素直に認めた荇子に、征礼はさらりと応じた。得意げでもなく、呆(あき)れたふうでもない、なんの執着もない物言いだった。荇子は征礼のこういうところをとても心地よく感じる。

——江内侍さんには藤侍従さんがおられるではないですか。

突拍子もないようなあの卓子の発言は、実は的を射ている部分があった。

自覚はあった。自分は征礼のことを、異性として少なからず想っているのだと。

だが結婚に対してこれほど嫌悪を持つ自分が、どういう立場で男性に好意を持てばよいのか分からない。

男女の恋愛の行きつく先が結婚だというのは、世の常識だ。

それを嫌悪している自分が、異性に想いを抱いたところで結実しない山吹(やまぶき)の花と同じではないか。もしも征礼が想いを返してくれたとしても、荇子は世の理(ことわり)に従えない。そんな自分に彼を好きだという資格はない。

もちろん征礼にはかねてより結婚に対する拒絶感を訴えているから、彼が荇子のことを恋愛の対象として見るとは思っていなかった。

だからこそ、あの卓子の言葉も強烈だった。

——江内侍さんがそんなふうに言い張っていたら、藤侍従さんは求婚したくても口にできませんよ。

荇子はそっと視線を動かし、隣の征礼を盗み見した。

つるりとした頬はすべらかで、女でも羨むような肌の持ち主だった。

「源大夫」

とつぜん征礼が呼びかけた。いつのまにか間近まで来ていた藤壺では、橡の縫腋袍を着た男が東簀子を歩いてきたところだった。進行方向から考えて奥にある妻戸を出てきたのだろう。

征礼の呼びかけで、男は存在にはじめて気づいたようにこちらに視線を固定した。

源有任。中宮職の長官・中宮大夫だ。位は従四位。中宮と直接の血縁はないが、義理の従姉弟関係になる。彼の父親の継室が、先の左大臣の妹だった。

見上げるほどの上背だが、均整のとれた体躯と知的で整った面差しゆえに威圧的な印象はいっさいない。切れ長で黒目がちの瞳には、思慮深さと穏やかさを宿した光が常に湛えられている。

有任は征礼の姿に怪訝な顔をする。

「藤侍従、中宮様になにか？」

この渡殿に来ているのなら、単純に藤壺に用があるのかと考えるだろう。

三人はそれぞれ歩み寄り、打橋を挟んで向かいあった。

「中宮様をお訪ねしたのは確かですが、用向きを言いつかったのは私ではありません」

そう言って征礼は、一歩後ろに立つ荇子のほうを見た。つられるように有任も視線を動かす。それまで彼は荇子に対して一瞥（いちべつ）くれただけで注目はしていなかった。

「確か君は、奉書で……」

如子と同じ趣旨（しゅし）の発言に、近頃の自分はそういう覚えられ方をされているのかとあらためて認識させられた。長年宮仕えをつづけているから顔は知っていても、役職や名と一致させている者はそこまで多くない。御所には内裏（だいり）女房のみならず、それぞれの妃付きの女房まで数多（あまた）の人数が仕えているからそれもしかたがない。

荇子はぺこりと頭を下げた。

「江内侍と申します。主上の仰（おお）せで中宮様にお届けものにあがりました」

「主上の？」

有任は意外な顔をした。その目にはわずかな不審の色が浮かんでいる。近年の帝の中宮に対する冷遇を考えればあたりまえだった。

自分に非があるわけでもないが、荇子はひどく緊張した。

「若宮様御法要のための、仏具を持ってまいりました」

今度こそ有任は、露骨に不審気な顔をする。

若宮が身罷（みまか）ったさいの帝の反応を、荇子は冷たいと感じた。征礼はそれをしかたがないとなだめたが、この有任の反応を見ると彼も荇子と同じ印象を受けたようだ。

やはり荇子の思い込みや偏見だけではなかったのだ。その状況でいきなり仏具を寄こされても、そこに真心を汲(く)み取ることなどできるわけがなかった。

有任はあわてたように表情をとりつくろった。

「それはご苦労であった。されど中宮様は一昨日からまた臥(ふ)せておられ、御容態も御気色(みけしき)も芳(かんば)しくない。面識のない者とお会いなさることは難しいであろう」

驚くような内容ではない。権勢と寵愛に陰りが見えはじめてから、中宮はずっと不安定だった。その状態での若宮の夭折が、彼女を心身ともに奈落に突き落とした。ここ一年は寝たり起きたりの繰り返しで、床上(とこあ)げもままならぬ状況だと聞いている。

そのこともあったので、荇子は最初から中宮に直接仏具を渡すつもりはなかった。勅使(ちょくし)でもないのだから女房に渡せばそれでよいと考えていたのだ。

「ゆえに私が預かろう」

荇子は目を瞬かせた。有任はすでに征礼にむかって腕を伸ばしている。箱をよこせということらしい。しかしいま藤壺を出てきたばかりの有任に、わざわざ引き返させるのは申し訳がない。

「御言付けを忘れていてな、引き返そうと思っていたところだったんだ」

まるで苻子の心を読んだかのように有任は言った。気さくな物言いの中にも品の良さを醸し出しているのは、さすがに橡の袍（四位以上の貴族が着用）をまとう者だけある。

苻子と征礼はしばし顔を見合わせ、同時にうなずきあった。

「では、お願い――」

苻子が言い終わらないうちに、ばさりと物音がした。反射的に目をむけると、南簀子に一人の女房が出てきたところだった。先刻の音は御簾を動かした音だろう。藤壺の南東廊に立つ苻子と征礼から見ると左手前方の位置になる。

唐衣をつけず、韓藍色の表着に裳だけをつけたその女房は如子だった。

「待ちなさいよ！」

金切り声とともに飛び出してきた三人の女房達は、たちまち如子を取り囲んだ。

どういう状況なのかは、なんとなくでも想像ができた。

見ないふりをするには、さすがに大騒動すぎる。心配と好奇心を抑えられず、苻子と征礼はうちあわせもしないまま同時に足を進めた。ちなみに有任はすでに小走りで南簀子にむかっている。

「なにを騒いでおられる」

果敢にも有任は、彼女達の中に割って入った。中宮大夫として藤壺に頻繁に出入りしているからこそできた行動だろう。荇子と征礼はひるんでしまって一歩離れた場所で見守るしかできないでいた。

「大夫様、ちょうどようございました」

柳の唐衣をつけた女房が声をあげる。

「弘徽殿の雀を害したのは、この内府の君です」

ずいぶんと直截な言葉に荇子はあ然とする。

「そうです。件の雀は内府の君の白粉を啄んでいたというのですから」

「ご本人がそう仰せでしたから、間違いございませんわ」

あまりの単純な理由に荇子は呆れた。その件にかんしての弁明、というより論破はすでに聞いているではないか。如子が弘徽殿の女房達を相手に『虚け者』と断罪したのを忘れているはずがあるまい。

そもそもあんな衝撃的な現場を忘れるわけがない。虚け者だけでも辛辣なのに、そのあとは『頭に入っているものは糠か大鋸屑か』とまで言ったのだ。

この経緯を知っているのかどうかは不明だが、有任はさして驚いたふうもなくゆっくりと首を横に振った。

「なにを言うか。そもそも内府の君が、弘徽殿のお方に嫌がらせをする理由がなかろう」

「弘徽殿ではなく、中宮様のお立場を悪くするためでございましょう」

三人の中では一番身分が高そうな、小葵文様地(こあおいもんようじ)の山吹(やまぶき)のかさねの唐衣をまとった女房が鬼の首でも取ったかのように断言する。

なるほど、そういう理屈かと合点(がてん)がいった。

最初聞いたときはなにを言っているのかと思ったが、確かに話の筋は通る。現実的かどうかと問われれば首を傾(かし)げるが、頭に血がのぼった藤壺の女房達は、もはや自分達で物語を作り上げてしまっているようだ。

「内府の君は中宮様にお仕えすることを、ずっと不満にお思いでしたものね」

「ならば中宮様を恨んで、貶(おとし)めようとなさってもおかしくはありませんわ」

女房達が作り上げた物語は、つまりはそういうことだ。

確かに経緯を考えれば、如子が中宮をよく思っていなくても不思議ではない。

ただ本当に貶めようとしたのなら、こんな回りくどい手は使うまい。そもそも弘徽殿の雀が如子の白粉を啄んだこと自体が偶発的なことなのだから。

(だから雀が死んだ理由って……)

先日の騒動以来自分の頭の在る考えを、口にすべきかどうか荇子は悩んでいた。

雀が啄んでいたという状況からして、おそらくだがすでに証拠は無くなっている。証明する術(すべ)がないまま仮説だけ論じても、信用してもらえるかどうか怪しい。

そもそもこんなことは誰もがとっくに思いついていて、その前提で話を進めているのではという懸念(けねん)もある。だとしたらいまさら口にしても馬鹿にされるだけだ。

渦中(かちゅう)の如子はといえば、先日の強気な態度が嘘のように黙りこくっている。しかしいつのまに広げたのか、流水と石楠花(しゃくなげ)が描かれた檜扇(ひおうぎ)をかざしていた。有任が来たからであろうが、殿方(とのがた)に対する羞恥(しゅうち)というより貴族の女人として事務的に行っているような情緒(じょうちょ)の無いたたずまいだった。

片や扇をかざすことも忘れるほど興奮した女房達は、ここぞとばかり矢継(やつ)ぎ早(ばや)に如子を責め立てる。

「どうなされたの？　日頃の弁舌はどこにいったのかしら？」

「白粉容れを下賜(かし)されるほど、中宮様から目をかけていただいていたというのになんとまあ罰当たりな」

「入内(じゅだい)をして中宮となるのは、本当は自分だったとお考えなのではありませんか？」

ねっとりとした声音(こわね)で告げられた最後の嫌みに、他人事(ひとごと)ながら荇子はかちんときた。隣の征礼も、仏具を抱えたまま眉(まゆ)をひそめた。

「ちょ、いまのはひど——」

「この、大虚け共が」

箏の音を思わせる威厳のある美声が、とんでもなく厳しい言葉を告げた。

自分達の優勢を完全に信じていた女房達は、ここにきてのとつぜんの反撃に眼を白黒させている。まったく予期していなかったような反応だが、能天気にもほどがある。ちょっと冷静になって考えれば、あの如子が一方的に言われ放題でいるはずがない。

如子は口許にぴったりつけていた檜扇を、少しだけ前方にとずらして距離を取った。これから自分がする口撃に備えるかのように。

如子はかざした檜扇にむかって唄うように、滑らかに切り出した。

「私が入内を望んでいるなどと、なにゆえそのような浅はかな考えが浮かぶのか、まこと理解に苦しむこと。やはりあなた達の頭の中には、糠か大鋸屑がつまっているのでしょうね」

師が弟子を、それもそうとう辛辣に叱責するときぐらいしか聞かない言葉をまたもや耳にした。

(で、でも、前にあなたがそれを言ったのは弘徽殿の人達によね……)

ゆえに、やはりという副詞は当たらないのではないか。などと、このさいどうでも良いことを荇子は心ひそかに突っ込んだ。

「あなた達は日頃から鬱陶しいほどに中宮様の不遇を託っているくせに、どうして私がそれと同じ状況を望むとお考えになるの？　確かに亡き父は私の入内を望んでいたけれど、その遺志に従っていたらいまごろどんな悲惨な境遇になっていたことか、長年中宮様にお仕えしているあなた達なら分かるでしょうに。思い違いをなさらないでね。私はむしろ伯父様に感謝しているのよ。私の入内を阻んだ上に、上臈として禄もたっぷりはずんでくださいましたからね」

立て板に水のような如子の語りが、嫌みなのか本音なのかよく分からなかった。

普通に聞けば嫌みと中宮に対する当てこすりだが、本音というか的を射ている部分もあるように聞こえたのだ。

父親の遺志を盾に如子が強引に入内をしたところで、すぐに権門の妃達の威光に押されてしまっていただろう。帝の寵愛は彼自身の情からきたものではなく后妃の境遇によるものだというのを、藤壺に仕える者達は誰よりも痛感しているはずだ。ならば如子が、入内を阻まれた己の境遇を前向きに受け入れていても不思議ではない。

ただし言い方に大いに悪意があることは間違いない。結果論としてでもすべて納得して好意的に受け止めているのなら、先ほどのような言い方には絶対にならない。

とうぜんながら女房達は気色ばんだ。

「な、中宮様に対してなんて言い草なの！」

「ならばあなた達は、いまの中宮様の境遇をお気の毒だと思ってはいないの？　危機感も抱いていないの？　だとしたらそうとうに能天気よね」

いっさいひるむことなく如子は言い返した。

これはかなり現実的で、手厳しい指摘だった。このまま中宮の不遇がつづけば、いずれ家臣達への禄も滞ってくる。中宮その人には朝廷からの封戸があるが、家臣である女房達に禄を与えているのは先の左大臣家である。主を失った家に以前のような権勢も収入もない。となれば先細りは目に見えている。

女房達は顔をひきつらせたが、反論の言葉は一言も出てこなかった。彼女達が目を塞いで見ないようにしていた現実を、如子は鋭く指摘してしまったのだろう。

言ってはいけない言葉ではない。けれど容赦はないと荇子は思った。

きれいごとを言ったところで、老若男女を問わず人は誰しも糧がなければ生きることはできない。

実家の没落、従姉に仕えさせられる屈辱を如子が受け入れられたのは、その現実を痛感していたからなのだ。彼女自身が口にした通り、この先は危ういかもしれない。それでも中宮に仕えた四年の間、先の左大臣家から賜る禄のおかげで、実家の財を食いつぶすことはせずに過ごせた。まったく公卿(くぎょう)、しかも后(きさき)がねとして育てられた娘とは思えぬほど地に足がついた女人である。

もちろん自分と同じ強さを、中宮や同僚に強要する権利など如子にはない。どう考えてもいまの如子の言動は行き過ぎだったし、普段の荇子であればこんなに極端な個性の持ち主はあきらかに敬遠の対象だった。

だというのに荇子は、自分でも不思議なほど如子に好感を持った。猛禽(もうきん)のような剣呑(けんのん)さとたくましさに強く惹(ひ)かれた。

そして共感もしていた。如子ほど激動の生い立ちではないが、荇子自身も近しい思いで宮仕えをはじめた。

男に守られる女にはならない。

父親も夫もあてにはならない。父亡き後は辺境の人になりはて、いまや行方(ゆくえ)も分からぬ義母と異母妹のことを思うと、多少の心の痛みとは別にやはり自分の選択は正しかったのだと痛感する。

「内府の君、もうそのあたりでお止め下さい」

有任(ありたか)が咎(とが)めるとも懇願(こんがん)ともつかぬ口調で言った。矛先が中宮の境遇にも向いているのだからとうぜんだろう。

しかし気の強い如子がどう出るものか、有任が善良なだけに苻子ははらはらした。

はたして如子は、ひどくつまらなそうな表情で有任を一瞥した。なにか言いたそうではあったが、そのままぷいっと視線をそらす。

他人事ながらほっとした。苻子達にもそうだったが、如子は誰彼構わず好戦的なわけではない。敵意を見せてきた相手は徹底してやりこめるが、そうでない者には比較的穏便だった。この反応だけで、如子が有任に悪い感情を持っていないことが分かる。

「別に私から、彼女達に言いがかりをつけたわけではありません」

「い、言いがかりですって！」

「こっちこそ、あなたの中宮様への本音が分かったわ。こうなると雀の件も、ますます疑わしいというものよね！」

あまり理論的とも思えぬ女房達の反論に、如子はふんっと鼻を鳴らした。

放っておいても如子は勝つだろう。一対三という不利な状況も関係ない。それどころか女房達のほうが、弘徽殿の樺桜の女房のように泣かされてしまう可能性もある。

それを承知しているのだから、このとき苻子の中に芽生えたものは正義感の類ではなかった。どういうわけなのか自分でも分からぬが、如子の味方になりたいという思いが猛烈に生じていた。

気がついたら荇子は一歩前に踏み出していた。

「あの、その件なのですが」

とつぜん輪に入ってきた荇子に、全員が驚きの目をむける。

藤壺の女房達は〝誰だ?〟というような表情で、如子は〝あなたは〟という顔をしている。

「江内侍と申します。実は弘徽殿の雀のことで気になることが……」

口にしたあと、ついに自分から首を突っ込んでしまったという不安が生じた。だが、もはや後戻りなどできない。少しは如子の度胸を見習えと自分を叱咤(しった)する。

女房の一人があからさまに胡散臭(うさんくさ)げな顔をする。

「気になるって、あなたは内侍でしょう?　藤壺のことも弘徽殿のこともよくご存じではないでしょう」

「どうせあなたも弘徽殿の味方なんでしょ。ほんと内裏(だいり)女房なんて日和見(ひよりみ)ばかりで、特に長橋局なんてあからさまで辟易(へきえき)するわ」

日頃の鬱憤(うっぷん)を晴らさんと、吐き捨てんばかりに女房は言う。これには思うところがあるのか、対立していた如子もやけに同調した顔をしている。私がやったわけではないと反論したいが、同じ内侍司に所属する者として関係ないと切り離すこともできない。

だからこそ苻子は、はっきりと言っておきたかった。

「どちらの味方でもありません。私達内裏女房の主は、あくまでも主上お一人でございますから」

堂々とした苻子の応答に、女房達は言葉を無くしたように黙りこんだ。

「江内侍？」

心配そうに声をかけた有任の肩を、いつのまに来たのか征礼が軽く叩いた。振り返った有任に、彼は〝大丈夫〟とでもいうように小さくうなずいてみせる。

やっぱり征礼は私のことを分かってくれている。こんなときだが頬（ほお）が緩（ゆる）む。星の数ほどの男女の中で、こんなに通じあえる相手は滅多にいないのだろう。

「それで、気になることってなんなの？」

如子が本題に戻した。言葉だけ聞けば素っ気ないが、その物言いはわりと穏やかだった。少なくとも彼女の同僚に対するよりは。

あたり前だ。苻子は如子に対してなにも害は与えていないし、敵意を見せてもいない。迫力に圧倒されてひるんでいたけれど、普通に接しているのだからとやかく言われる謂（いわ）れはないのだ。

苻子はふうっと肩の力を抜き、如子にむかって微笑（ほほえ）みかけた。如子は目を瞬かせ、次には頬を赤くして少し視線をそらした。気まずく思ったのか、不気味に思ったのかはよく分からない。

「雀が啄んでいた白粉は、中宮様から頂いた容器に容れておられたのですよね」

荇子の問いに如子は深くうなずいた。

「ええ。猫が舐めたかのように、きれいさっぱり食べられてしまっていたわ。嘴のある鳥がどうしてこんな器用な真似ができるのか驚いたわ」

「それだけ空腹だったということでしょう。餌が十分与えられていれば、いくら米粉が主原料だからといって、白粉など食すはずがないのです」

遠回しに弘徽殿を非難しているが覚悟のうえだ。生き物を飼う立場として、弘徽殿の者達はあまりにも無責任だった。多頭飼いをすること自体が愚かだという、如子の指摘は当たっている。

「中宮様から頂いた容器には、まだ白粉が入っていたのではありませんか?」

荇子の問いに、如子は最初は怪訝な顔をした。だがやはり頭が切れると見えて、すぐにその真意を察した。

「ええ。何回かぶんは残っていたから、それを使わせてもらっていたわ」

「そのあと、ご自分の白粉を継ぎ足したのでは?」

征礼と有任、そして藤壺の女房達が注視する中、荇子と如子は正面切ってやりとりをつづける。

「そのとおりよ。残りが少なくなってすくいにくくなっていたから、自分の白粉と混ぜ合わせたわ」

「おそらくそれが理由です」

荇子は言った。

「理由って、雀が死んだことが？」

「そうです。中宮様の白粉は、米粉や胡粉（この場合は貝殻の粉）ではなく、鉛白だったのではありませんか？」

あ、と短い声をあげたのは征礼だった。

如子はすでに悟ったのか、納得ずくの顔をしている。

白粉の中でも鉛白を材料としたものは高級品で、あらゆる種類の中でもっとも仕上がりが美しいとされている。しかしその有毒性はひそやかに囁かれており、白粉として肌に使うのならともかく、口になどすれば甚大な健康被害を及ぼす。まして人間の何百分の一の大きさしかない雀であれば、米粉とまじりあったものでもおそらくいちころだ。

「なるほどね……」

如子は扇を揺らしながらしきりにうなずいていたが、やがてわざとらしいため息をついた。

「けれど私は中宮様の白粉がなんであったのかは知らない。それに雀が啄んでいたのを見た直後に容器を洗ってしまったから、証は立てられない」

普通の衛生観念を持っている者なら、そうするだろう。自分の潔白を立証できないと言っているのに、やけに泰然としているのがいかにも如子らしい。白粉の種類は中宮に訊けば分かることだが、荇子の身分や立場でそこまではできない。

「中宮様の白粉は鉛白よ」

そう言ったのは柳の唐衣をつけた女房だった。

荇子と如子がそろって目をむけると、ものすごく不服気な顔のままそっぽを向いた。きっと中宮に近い女房なのだろう。いかに如子を毛嫌いしていようと、さすがに冤罪をかぶせてまで貶めるつもりはないようだ。

そこはほっとしたが、これを理由に如子がまた口撃をはじめないかと荇子はひやひやした。思いこみで罪を着せられそうになったのだからその権利はあるけれど、素直に鉛白と証言したところに女房の良心を汲み取って欲しい。はたしてそんな温情と妥協ができる女人なのかどうか。

「そう、ならばここでの問題は解決ね」

あまりにもあっさりと如子が言ったので、荇子は聞き違えたのかと思ったほどだ。藤壺の女房達も驚いている。如子からどんな手厳しいことを言われるかと覚悟していただろうから。

そんな中で征礼と有任の二人はほっとした顔でうなずきあっている。このさい些細なことではあろうが、仏具が征礼から有任にすでに手渡されていた。

「よろしゅうございました。ご納得いただいて」

荇子はほっとした。思いきって口を挟んでよかった。いかに如子が気丈でも、冤罪をかけられたままで良いはずはない。

「では、あとは弘徽殿だけね」

如子の言葉に、その場にいた全員が複雑な顔をする。

荇子の説を告げたところで、それを裏付けるのはすべて藤壺側の証言だ。容器を洗ってしまった状況では、客観的な証もなしに弘徽殿を説得するのは難しい。

どうするつもりなのかと首を傾げていると、とつぜん如子が荇子の手を取った。

「一緒に来てちょうだい」

「え？」

荇子は目を円くする。上臈と中臈という身分上仕方がないが、要請ではなくその口調は半ば命令だった。

「ど、どこに？」

「決まっているでしょう。弘徽殿よ」

なにがどうなって、私はこんなところにいるのだろう。

弘徽殿の東廂に通された荇子は、虚ろな目で正面の母屋を見つめた。

空薫物の香りがただよう室内で、御簾を巻き上げた先の御座所には八重咲きの桃花のように華やかで愛らしい女人が座っていた。

弘徽殿女御である。

二十歳の若き妃がまとう小袿は花山吹のかさね。淡紅色の繁菱地紋に蝶の文様を散らした二陪織物は、裏地に黄色の平絹を用いている。淡い二枚の絹が透けて重なった色合いが山吹の花を表しているものだった。五つ衣は枯葉色の薄様。袖口からは萌黄色の単がのぞく。

艶のある豊かな黒髪に、ほんのりと桜色に染まった頬にふっくらとした唇。

うららかな春の日差しのようにぬくもりのある眼差(まなざ)しが、彼女の満ち足りた境遇を如実(にょじつ)に表している。

「そういうことだったの」

かけらも疑った様子はなく、もちろん怒りなどまったく見せずに女御は言った。

如子に強引に連れてこられた荇子は、弘徽殿女御の前で自分が立てた仮説を説明させられたのだ。

如子が弘徽殿の妻戸(つまど)を叩いたときは、本当にぎょっとした。なにしろ彼女はこちらの女房に対して前科（？）がある。応対に出てきたのは件(くだん)の女房達ではなかったが、如子の悪評は弘徽殿中に広がっているだろう。特にあの泣かされた樺桜(かばざくら)の女房など顔も見たくないだろうから、普通の神経ならばつが悪くて訪室などできないだろうに。もちろん如子が普通の神経の持ち主でないことは百も承知だが……。

とはいえ弘徽殿側も、中宮の遣いで件の雀(すずめ)のことについて話に来たと言われれば無下(むげ)に追い返すこともできない。まして零落(れいらく)したとはいえ、如子当人が内大臣の娘である。

（ていうか、あなたはいつ中宮様のご下命を賜ったのよ！）

簀子(すのこ)で荇子の仮説を聞いてから、如子は藤壺の殿舎には戻らなかった。中宮の意向など聞けるはずがない。声を大にして問いただしたい気持ちを抑えて説明をした結果、女房達はともかく女御は拍子抜けするほどあっさりと納得をした。

「雀にはあわれなことをしてしまったわ。餌は十分に与えているものだとばかり……」

真剣に悔いている表情に、荇子は胸をつかれた。

弘徽殿の女房達は、自分達の飼っている雀が殺されたのだと被害者面ばかりをしていたが、女御は自分の過失を認めたうえで生き物の死を悼んでいる。

「これで藤壺へのお疑いは晴れましたでしょうか」

荇子の感傷など完全に無視し、直截簡明に如子は言う。

弘徽殿の女房達は気まずげな顔で視線をそらすが、対して女御はその花顔からはじめて微笑みを消した。

「その件にかんしては、口さがない者達が誠に失礼をいたしましたと、中宮様によくお伝え申し上げてちょうだい」

「承りました」

如子の返事を受けて、あらためて女御は語った。

「いまさら言っても言い訳としか聞こえないかもしれないけれど、そちらの殿舎にそんなことをする理由がないというのは私も承知しておりました」

確かにこの件で好き勝手な憶測を流していたのは、あくまでも朝臣や女房達で、后妃達の口からそのような疑念が出たという話は聞いていない。ただし女御には女主人として女房達の行動を監督する義務があるので、そのことを釈明しているのだった。

「承知いたしました。その旨もきちんと中宮様にお伝えいたします」

如子は丁寧に頭を下げた。その所作にも言葉遣いにも家柄と育ちの良さがにじみ出ており、口喧嘩で相手を泣かした女とは思えぬ優雅さだった。

女御は柔らかな笑みを浮かべてうなずき、その視線を荇子のほうにと動かした。

「江内侍と言ったわね。疑念を解消してくれてありがとう。改めてお礼を言わせてちょうだいね」

「さようなこと、私は……」

「実に助かりました」

如子が声をあげた。

「江内侍は、弘徽殿にも藤壺にも属さない内裏女房。それゆえかように冷静な判断を提言してくれたのでしょう」

とってつけたような称賛だったが、荇子は合点がいった。

それで荇子を、あれほど強引にここに引っ張ってきたのか、と。

荇子の仮説を如子の口から言ったところで、おそらく弘徽殿の女房達は納得しない。先日あれだけこてんぱんにやられたばかりなのだから、なにを言われたって素直に聞けるはずがない。

要するに仲裁(ちゅうさい)役としても説明役としても、荇子が適任だったのだ。

（まったく……）

ていよく利用された気もするが、事なきを得たから良しとする。そもそも如子に対する妙な思い入れから、この騒ぎに自ら足を踏み入れたのだからしかたがない。

「では、私達はこれで……」

如子が腰を浮かし、荇子もあわててそれにならおうとしたときだった。

「失礼、来客中であったとは」

若々しい男の声に、顔を隠すよりも反射的にそちらを見てしまう。その点、隣の如子はさすがだった。素早く扇を広げて顔を隠している。これはもう育ちがちがうのだからしかたがない。

廂(ひさし)を仕切るために置いた四尺几帳(きちょう)のむこうに、すらりと背の高い冠直衣(かんむりのうし)姿の男が立っていた。秀麗(しゅうれい)なその姿に心ならずも目を留めてしまう。

年のころは二十歳(はたち)にはいま少し。華やかな桜直衣がさまになる、非常に風采(ふうさい)のよい青年だった。この時季の直衣は合(あわせ)で、表地は白の臥蝶丸(ふせちょうのまる)。裏地には二藍(ふたあい)を使う。二藍は紅と藍の二種の染料を使って染めた色だ。若い時ほど紅が濃く、年を経るに従って藍が勝る。四十を過ぎれば二藍ではなく縹（はなだ）色となる。

桜直衣とは、白の表地から紅の濃い二藍が透けて見えて、傍目（はため）には桜色に見える若い男特有の着こなしを言う。

「頭中将（とうのちゅうじょう）様」

一人が弾んだ声をあげ、他の女房達もいっきに色めき立つ。

一目で女房達の注視をうばったこの美青年を、荇子はもちろん見知っていた。

頭中将・藤原直嗣（なおつぐ）。

弘徽殿女御の実弟で、左大臣（さだいじん）の嫡男（ちゃくなん）。当代の花と名高い貴公子である。その彼が数歩進んだ先に立っているのだから、さほど関心のない荇子でもさすがに目を奪われる。

直嗣は荇子に一瞥（いちべつ）だけくれると、横にいる如子を見て驚いた顔をした。

「これは珍しい方がお出でになられ――」

「ちょうどお暇（いとま）しようとしていたところですゆえ、どうぞお気遣いなく」

直嗣の言葉を遮り、わざとらしいほど大きな所作で如子は立ち上がった。こうなると荇子も座っているわけにはいかないので、あわてて腰を浮かす。そのまま二人揃って、直嗣とは逆の方向の妻戸から出る。

「なんなの、あれは。蔵人頭の地位にあろう者が、桜直衣のような軽い物を着て」

簀子に出た瞬間、侮蔑たっぷりに如子は吐き捨てた。まだ弘徽殿の領域にいるというのに女主人の弟の悪口を言っている。誰かに聞かれやしないかと、荇子はひやひやして周囲を見回した。

直嗣は十八歳と聞いているから、桜直衣は別に若作りではない。しかし男の場合、身分の高い者は実年齢より年長者向けの着こなしをするのがたしなみとされているので、その点からすれば確かに批判の対象にはなるかもしれない。

ここで〝似合っているから良いのでは〟という素直な感想を言えばどんな反撃を受けるのか分からないので、荇子は姑息に話題の方向をそらした。

「内府の君は、頭中将と面識がおありになるのですか？」

「面識というか、藤壺を辞して弘徽殿に来たらいいと誘われた関係よ」

荇子はあ然とした。どう考えても雀騒動が起きる前のことだろうが、これはなかなか挑発的だ。如子のように格の高い女房を引き抜ければ、弘徽殿の優勢がさらに高まったうえで藤壺の名誉は地に落ちる。

そこで荇子ははっと気づく。

「もしかして、それで中宮様は白粉容れを——」

最後まで言わないうちに、口許にぴしっと人差し指を突きつけられた。触れるか触れないかぎりぎりの絶妙な位置だった。

如子は苻子の目をじっと見つめ、ゆっくりと首を横に振った。

口にするなということらしい。中宮が如子を引き留めるために、自分の白粉容れを下賜したことを自分に説明させるなと言いたいのだろう。

本当ならば新調した品を授けたいところだが、いまの中宮にはそれも難しいということを、気づいていても気づかないふりをしろということなのだ。如子自身は同僚達に、藤壺の窮状に目をむけさせるかのように挑発していたくせに——。

（ほんと、勝手な人だな……）

釈然とはしなかったが、腹は立たなかった。

なぜなら立場が完全にちがうからだ。藤壺の者達がおのれの窮状を自覚することはまちがいなく必要なことだが、苻子や直嗣がそれを口にするのは無責任な好奇心、どうかしたら驕慢でしかないのだから。

それにしても、直嗣もずいぶんと無神経な誘いをするものだ。先ほど垣間見た姿は貴公子として非の打ちどころがなかったが、同じ高貴な男性でも帝や有任に比べるとひどく薄っぺらく見えた。有任には人としての厚み。帝には容易に人には心を覗かせぬ深淵さがある。

渡殿に出ると、その先に征礼と有任が並んで待っていた。

荇子達の姿を見つけ、有任がいち早く駆け寄ってきた。

「どうであったか。弘徽殿のお方は納得してくださったか？」

「納得もなにも、自分達の管理不行き届きをこちらのせいにして勝手に怒っていたのはむこうですからね」

呼吸をするように毒を吐く如子に、荇子はあわてて口を挟む。

「な、納得はしてくださいました。もともと女御様は中宮様を疑ってなどおられなかったとのことです。どうも双方の取りまき達が勝手に興奮してしまったようで」

「さようか。ともかく事なきを得たのならよかった」

有任は胸を撫でおろした。如子の毒吐きをさらりと受け流しているあたり、長く藤壺に仕える身として慣れているのだろう。

「では、大夫。その旨を中宮様と女房達にご説明いただけますか？」

如子の要望に有任はうなずいた。

中宮はともかく女房達に説明をするのなら、如子より有任のほうが断然良い。そのあたりはさすがに自覚しているようだった。

「承知いたした。江内侍にも手間を取らせたな」

ここにいたるまで如子からは一言も出ていない礼が、有任からはあっさりと出た。

腹は立つが、この件にかんしては荇子は自ら首を突っ込んだのだから、礼の言葉がないとしても自己責任である。

だってしかたがない。如子を助けたいと思ったのは、自分なのだから。彼女の強さに共感と、若干距離を置きながらの羨望を抱いたのは他ならぬ荇子自身なのだ。

わずかに残るわだかまりとためらいを振りはらうよう、荇子は頭をひとつ振った。

「かまいません。それより仏具のほうはよろしくお願いします」

「……ああ、もちろん」

有任の返答には短い間があったので、ひょっとして失念していたのかもしれない。

まあ、念押しができてよかったかもとあまり不快には思わなかった。

「なれば私は、これで失礼いたします」

内侍所でしていた作業は、まだ途中である。帝から呼び出しを受けたときは内容が分からなかったので、今日はもうこれからの半日をつぶす覚悟でいた。しかしこの刻限ならいまから戻れば少しは片づけられる。

踵を返した荇子の前に、ひょいと如子が飛びだして道を塞いだ。

なにごとかたじろいでいると、如子はまっすぐと荇子の目を見つめて言った。

「今日は助かったわ。この借りは必ず返すから」

2章

胡蝶装(こちょうそう)

卯月の中酉日は賀茂祭。

老若男女、貧富を問わず、京に住む者達を熱狂させる一日である。

御所の建物は、賀茂・松尾の両神社から献上された葵と桂の葉で飾りたてられ、神事としての舞が奉納される。

しかし祭の最大の見所は宮中儀式ではなく、一条大路からはじまる『路頭の儀』だ。

紫野の御所を出た斎院一行と宮中の遣いの列が一条大路で合流し、賀茂神社までの道を進むのである。華麗な一大行列を観ようと大勢の人が押し寄せ、路上は貴族の牛車や立ち見の者達で埋め尽くされる。御所の女房達も例外ではなく、見物のために休暇を願い出る者も多数であった。

その晴れの日だというのに——。

(どうして私、この人と二人っきりになっているの?)

内侍所の文机の前で、荇子は右隣に目をむける。

そこには文机にむかって一心不乱に刷毛を動かす、内府の君こと藤原如子がいた。


事の起こりは、昨日の昼過ぎまでさかのぼる。

その日、荇子はまたもや帝から呼び出しを受けた。今度は昼御座ではなく、西廂の『朝餉間』である。帝の居室とも言うべき曹司であった。

二度目の名指しでの呼び出しを受けたとき、荇子は朝餉間の隣の台盤所にいた。両室を隔てる襖障子のむこうから「江内侍はいるか？」と直々に帝が呼びかけたのだ。

「控えております」

応じたのは襖障子の間近にいた、年配の命婦だった。

二度目なので周りも荇子も前回ほどに驚きはしなかったが、それでも緊張することにはちがいない。

若葉色の表着の裾をからげて立ち上がる。月初めに更衣を済ませたので、装束の大方は単にしているが、唐衣だけは合わせで楝のかさねをつけている。淡い紫を表に、新緑色の裏地が透けて見える色合わせである。

背筋を伸ばして、簀子に回る。朝餉間に入室できる女房は上臈だけで、中臈は簀子までにしか上がることはできないからだ。下臈に至っては簀子にも侍ることができない。とはいえ現状の後宮には中臈以下しかいないので、帝の許可を得るという形で陪膳のときなどは普通に上がっている。

「江内侍、参上いたしました」

板敷に膝をついた苻子の正面では、御引直衣姿の帝が脇息にもたれていた。

夏の袍は単で、ごくわずかに赤味が残る藍色の顕文紗文穀（穀紗）。

三十歳の帝が若者のような濃い色（この場合は赤味の強い二藍）の直衣を召すわけもないが、さりとて縹色を着るには十年も早い。

「実はそなたに頼みたいことがある」

「なんなりとお申しつけください」

「この和歌集を、模写してもらいたい」

帝は脇息から身体を離し、膝の上に置いた冊子を右手で持ち上げた。

そんな用事だったのかと、緊張していたぶん拍子抜けした。達筆で名を馳せる苻子に写字の依頼をするのは極めて自然である。

面倒だし気は遣う作業だが、元々字を書くことが好きなので苦痛ではない。ましてそれが堅苦しい経文や上奏文でなく和歌ならば、心も弾むというものだ。

「謹んで承ります」

「模写は冊子にして弘徽殿女御に贈呈する。そなたほどの能筆家であれば、殿舎でも評判になることは請け合いゆえしっかりやってくれ」

正妻である中宮を飛び越した優遇は、後宮での現状の勢いを如実に示している。中宮ににも先日仏具を贈りはしたが、あれは二人の子に対してのものだから優遇といえるものではない。帝の中宮に対する冷たさにはもやもやするが、荇子がなにか言うことではない。

それでも言いつけられた仕事内容には、心躍った。

内裏女房は帝を主とし、どの后妃にも肩入れをしないというのが荇子の信条だ。よって帝が言うように弘徽殿の目に留まりたいとは思っていないが、単純におのれの筆を誇示したいという欲はある。

「しかと心得ました」

「頼んだぞ。写しのための紙はそろそろ届くはずだが……」

帝が言ったとき、簀子を北側から布袴姿の男が歩いてきた。均整の取れた筋骨凛々しい体にまとった橡の袍は穀紗で、下に着た蘇芳色の衵が透けているのが涼し気だ。

中宮大夫・源有任だった。

両手に平箱を携えているが、気のせいかその足取りがやや荒っぽい。穏やかな印象があるだけになにかあったのかと気になってしまう。

有任は間近まで来て、はじめて荇子がいることを認識したようだった。一度目を瞬かせ「江内侍」と言った。帝の目の前で世間話をするわけにもいかず、荇子はぺこりと頭を下げるだけに留めておいた。

有任は少々ばつが悪い顔で、帝に促されるまま朝餉間に入った。荇子は簀子に控えたままその様子を見守った。写しのための紙をまだもらっていないから、席を外すわけにもいかない。

有任は帝の前に座すと、持参してきた平箱を置いた。

「中宮様の遣いで、御所望の唐紙を届けに上がりました」

荇子は耳を疑った。

そろそろ届くはずだという言葉から考えれば、帝が言っていたのはいま有任が持ってきた紙にちがいなかった。

(女御様に差し上げる冊子の紙を、中宮様に用意させたの?)

いくらなんでもそこまで無神経——いや、もはや悪意があるとしか思えぬ真似はしないだろう。そこで荇子は、有任の足取りがやけに乱暴だったことを思いだした。確かにそのような事情があったのなら、彼らしからぬふるまいも納得ができる。

荇子は息を殺し、朝餉間での二人のやり取りを注視した。

「それはよかった。中宮が準備した紙であれば弘徽殿女御もきっと喜ぶだろう」

朗らかに語りながら帝は身を乗り出し、有任が置いた平箱から紙の束を取り出した。そしてろくに確認もしないまま自分の傍らに置いた平箱に移しかえる。その上に先ほど荇子に見せた冊子を重ね置いた。

「いえ、仏具の礼になにかをしたいと中宮様の思(おぼ)し召しでございましたゆえ」

背中を向けているので有任の表情は分からぬが、声は押し殺したものだった。

仏具の礼というのもなかなか厳しい言葉だ。

子の供養であれば、両親の双方に義務がある。ならば仏具を準備するのはとうぜんのことで、中宮は感謝はしてもわざわざ礼の品を渡す必要はない。

仏具の礼をしたいと中宮が言ったのなら、これは相当の皮肉である。夭折(ようせつ)したわが子に対して他人事(ひとごと)のような反応しか示さない帝に、中宮もさぞかし腹に据えかねているのだろう。

「ご苦労であった。こちらの箱は中宮に戻しておいてくれ」

空(から)になった平箱を押し戻した帝には、なんの悪びれた気配もない。

荇子は完全に閉口した。いろいろとひどすぎて、どこから不満を持って良いのか分からない。

「しかと賜りました」

有任は箱を受け取ると、座したまま後方にといざった。そうして下長押(しもなげし)のところで立ち上がると、くるりと帝に背をむけた。反射的に上向いて見た有任の表情は、ひどく険しいものだった。

（そりゃあ、とうぜんよね）

中立に立とうと心掛けている荇子がこれほど気分を害するのだ。大夫として中宮を支える身であれば憤懣（ふんまん）やるかたないだろう。

それでも有任（ありたか）はさすがで落ちついていた。不安げな顔をする荇子の前で即座に表情を和（やわ）らげたうえに、苦笑を浮かべる余裕さえ持って立ち去っていった。

荇子は感心して、次第に遠ざかってゆく有任の後ろ姿を見送った。

立派な人だ。あんな人が支えていてくれるのなら、寄る辺のない身の上でも中宮は心強いだろう。

「さように見惚（みほ）れていては、征礼（まさゆき）が悋気（りんき）するぞ」

上から降りかかるように響いた声に、荇子はびくりと身体を震わせる。急いで視線を戻そうとしてぎょっとしたあまり言葉を無くした。

いつのまにか帝が、下長押の間近まで歩いてきていたのだ。

呆然（ぼうぜん）とする荇子の前で、帝は膝をつく。簀子の端近（はしぢか）に座していた荇子との距離は下長押の幅二本分くらいしかない。元々上背（うわぜい）の差があるところに、片膝立ちと正座では圧倒的に帝の目の位置が高い。

一言も発することができないほど驚く荇子の顔を、帝は興味深そうに見下ろしつつからかうような笑みを浮かべる。

「なるほど。征礼はかような娘が好みか」

「!?」

相変わらずの熱のない声で告げられた、とんでもない一言に荇子の頭はしばし真っ白になる。かまわず帝は軽やかな口調でつづける。

「征礼に妻を娶(めと)わせようと幾人もの者達が働きかけておるのだが、いっこうに反応しないのだよ」

まったく知らないことだったので衝撃だったが、少し考えれば驚くことではない。身分はさほどではなくとも今上(きんじょう)の側近中の側近である征礼は、公卿(くぎょう)には相手にされずとも五位の大夫(たいふ)や国司(こくし)辺り中流貴族には将来有望の婿(むこ)がねにちがいない。

だからなんだというのだ。自分が動じることではない。

そうは分かっていても、この場に適した返しが出てこない。

「……藤侍従(とうのじじゅう)は、まだお若くあらせますので」

なんとか言葉をしぼりだすと、帝は鼻で笑うようにふっと短い声を漏(も)らした。

「私としては、征礼をつまらぬ娘になどやりたくないからそのほうが良いのだがね」

さらりと告げられた一言が、思った以上に深々と突き刺さった。

帝の心に、征礼に娶わせたい姫がいる可能性を思いついたからだ。

だからといって、なにを動じることがある、荇子はふたたび自身に言い聞かせた。

自分は結婚をするつもりがなくても、他人の結婚は否定しない。ずっとそのつもりでいたのだから、征礼に結婚の話が起きたところでなんの関係もないではないか。

あれこれ思い煩っていると、とつぜん目の前になにかを突き出された。平箱に入った染め紙と、その上に重ねた和歌の冊子だった。そういえばこれを書き写すように命じられていたのだった。まさか帝に手ずから渡されるとは思っておらず、おそるおそる手を伸ばして受け取る。

「写しの順は手本にこだわらずとも、好みの物を自由に選んでよい。すべてを丸写しにする必要はない」

「製本はいかがいたしましょうか？」

文字や絵の模写のみならず、それを冊子にするのも女房の仕事の一環だった。さきほど帝は模写した歌を冊子にして女御に贈るのだと言っていた。

荇子の問いに帝はしばし首を傾げた。まるで自分の言ったことを忘れていたかのような反応だった。

「ああ、そうであったな。そちらもよろしく頼む。様式はこだわらぬゆえ、そなたのやりやすいようにせよ」

細かいことにこだわらないというのはこちらとしては助かるが、そのまま贈答品への関心のなさの表れのように思えて、不遜と承知しつつも荇子は帝に不審を抱いた。中宮の神経を逆撫でしてまで女御のご機嫌取りをしておきながら、この反応はどういうことだ。

もやもやした思いでいる荇子に、思い出したように帝は言った。

「明日は祭に参るつもりなら、明後日からはじめてもかまわぬ」

そのくせになぜこんなところ、しかもたかだか中﨟相手に気遣いを見せるのか？　中宮にはあれほど無神経な真似をしているというのに。

複雑かつ皮肉な気持ちになりつつ、平坦を装って荇子は答えた。

「お気遣いをいただきありがとうございます。なれど今年は留守居をするつもりでおりますので大丈夫です」

嘘ではない。もう何回も見物をしているので、今回は他の女房達に休みを譲ってやっていた。内裏女房全員が賀茂祭に出かけてしまっては宮中の業務が成り立たない。しかし卓子もそうだが、地方から来た女房などは特に賀茂祭に対する憧れが強い。彼女達を消沈させてまで自分が休みを取るほど、荇子に祭への執着はなかった。

「さようか。ならば明日からでもよろしく頼む。長橋局には事情を話して、そなたの内侍司での仕事を免除してもらうようにしておこう」

名案だとばかりに帝は言ったが、これはまた面倒なことになりそうだと苻子は早々に辟易した。

とにもかくにも、いやな予感というものは当たるのだった。

帝のもとを辞したあと、事情を説明しようと内侍所に足を伸ばしたのだが、誰がどういう行路で動いたのかすでに話は伝わっていた。

長橋局からは、主上からじきじきに依頼されることは名誉にはちがいないが、明日の賀茂祭で人手が少ないときに困ったものだとねちねちと愚痴られ、しかも苻子がこれ見よがしに達筆ぶりを誇示したからこんなことになったのだと、まったく身に覚えのない皮肉まで言われて心底げっそりとした。

そして一日が過ぎ、賀茂祭当日を迎えた。

この日は所属を問わず、多くの女房達が祭見学のために宿下がりをしていた。

御所では『宮中の儀』と呼ばれる儀式が行われ、そんな日に女房達が休みを取れるものなのかと思いがちだが、宮中の儀式は公的なものと帝の私的なものとに区別され、前者は官衙に勤める官吏達の手で行われるので、女房達の負担はさほどでもないのだった。

もちろん仕事がなにもないわけではなく、内裏に残る数少ない女房達のほとんどは宮中の儀にと出払っていた。儀式の内容は奉納舞、帝による行粧に加わる飾り馬の御覧、並びに宣命の発布である。

そんな中、荇子は内侍所で一人黙々と灯台の油皿を磨いていた。

長橋局に押しつけられたのだ。本来の仕事は免除するという帝の命を長橋局は了承しているはずなのに、本来の仕事ではなく雑用だからいいでしょうという理屈らしい。なるほど、確かにこんな雑務は女孺やそれ以下の女官達の仕事である。

こんな屁理屈を駆使してまで嫌がらせをしてくるとは、ずいぶんと憎まれたものだ。帝から直々に依頼を受けたというだけでも長橋局からすれば面白くないだろうに、模写がいまをときめく弘徽殿女御に献上されるものだから嫌がらせも露骨になってきている。

荇子は皿を磨きながら、大きくため息をついた。

もともと公私の別無く感情的に当たり散らすという、後輩からすれば苦痛でしかない先輩ではあったが、これまでは特に目をつけられていたわけでもなかったので、皆が陰口を叩くほどに個人的に嫌悪していなかったのに。

目をつけられた切っ掛けは、もちろん奉書である。

だから世間的には感涙するほどのありがたい帝のお褒めの言葉も、荇子からすれば〝余計な気紛れを〟という腹立たしいものでしかなかったのだ。

『自慢の手蹟で、女御様の覚えもめでたくなることは請け合いね』

などと言われたときには、私はあなたとちがって后妃達には取りいる気持ちはないと面とむかって言い返してやりたかったが、辛うじて思いとどまった。そんなことをしたらどんなふうに怒りだすか、想像しただけでうんざりする。

米と衣を自分の力で手に入れるため、これからもここで働きつづけていきたいと望んでいるが、長橋局から繰り返される数々の陰湿ないびりに、さすがにちょっとめげそうになってきている。

「いっそ誰か長橋局を娶って、家刀自（主婦）にして御所を退かせてくれないかな」

埒もないことを荇子はぼやいた。もっとも自分が男だったら、あんな意地悪な女を妻になど絶対にしたくない。位田を六十町（正二位が賜る田地の広さ）授けると言われてもごめんである。

御所中から回収したのではと思わせる数の油皿は、古い木箱に収められていた。定期的に女官達が磨いているはずだが、それもだいぶん前だったのかずいぶんと煤けている物がちらほらしていた。

ふたたびこぼれそうになるため息を抑え、荇子はぶんっと頭をひとつ振った。

さっさと終わらせて模写に取り掛かろう。そればかりを念頭に黙々と皿を磨きはじめたのだが、磨き布を持つ右手がだんだんだるくなってきた。昼間は使用しない油皿は、ここぞとばかり数十枚積んである。まだ数枚しか磨いていないというのにこの状況は、このあとの模写のことを考えると非常にまずいのではないか。筋肉痛の腕で最大限の能力を発揮できるわけがない。嫌なことは先に済ませるほうなので、躊躇なく皿磨きを先に手掛けたが、これは判断を誤ったのかもしれない。

「さように丁寧に事に当たっていては、一日たっても磨き終わらないわよ」

誰もいないはずの内侍所に、箏の音を思わせる圧のある声が響いた。

荇子が顔をあげると、御簾を背にして如子が立っていた。

目を疑った。時刻的に格子は上げているから、出入りは誰だってできる。けれど部外者がこんなに堂々と入ってくるところを見たことがない。

「ど、どうなされたのですか？」

「事情は乙橘から聞いたわ」

状況がつかめないであたふたと尋ねる荇子に冷静に答えると、如子はぺたりと目の前に座った。身を乗り出して腕を伸ばせば触れられるほどの、まあまあの至近距離である。重ね袿という軽装から推察するに、今日は休みを取っているようだ。淡青の表から淡紫の裏地が透けて見える葵かさねの袿は、別名・葵祭とも呼ばれる賀茂祭の装いとして実にふさわしいものだった。

「乙橘って、どうして？　あの娘は祭に行っているはずなのに」

「御所を出るときに会ったのよ。向こうから声をかけてきてね、町に出るからお土産はなにがいいですかって」

なんという人懐こさ、いやむしろ恐れ知らずというべきか。確かに雀の骸の件で、卓子は如子に心酔していたのだけれど。

呆れ半分、感心半分でいる荇子にかまわず、如子は話をつづける。

「乙橘は、あなたのことをずいぶんと心配していたわ」

「え？」

「長橋局に理不尽に仕事を押しつけられて、気の毒だったから手伝いを申しでたけど、自分が祭を楽しみにしていたのを知っているから気にしないでいっていらっしゃいと言ってくれたって。でもあんな量の油皿を磨いていたら、腕がだるくなって文字なんて書けなくなってしまうんじゃないかって」

天真爛漫(てんしんらんまん)で物事を深く考えていないような卓子だが、それでいて時々鋭いところを衝(つ)いてくる。だからこそ荇子の窮地(きゅうち)を見兼ねて手伝うと言ってくれたのだろう。本音を言えば甘えたかったのだが、さすがに十四歳の少女がかねてより楽しみにしていた祭見学をふいにさせることは忍びずに、やせ我慢で断ったのだ。

「あの娘ったら、さようなことまで内府(ないふ)の君にお話ししたのですか？」

「気をつけなさい。ああいう娘は口止めをしないかぎり、自分が話したいと思ったことはなんでも話すわよ」

訳知り顔で如子は言った。荇子が呆れていたのは卓子の口の軽さではなく、話し相手が如子だということだったのだが。

それはともかくとして、如子がなぜここに来たのかをまだ聞いていない。

「それで、なぜここに？」

「布をかして」

白魚の如き指を持つ美しい手が、槍を突くかのように乱暴に突き出された。

「はい？」

「私が油皿を磨くから、あなたは模写に専念なさい」

想像もしない言葉に荇子は目をぱちくりさせる。随分(ずいぶん)とつんけんと言われたが、要するに助太刀（すけだち）をしにきたということなのか？　言葉自体は分かっているのに、とっさに理解が追いつかない。混乱する思考をなんとか整理しようとする。はやく返事をしないと如子が怒り出しそうな気がしたのだ。

「……ひょっとして、借りを返しに来たのですか？」

「そうよ」

なるほど、そういうわけか。確かにあのとき如子から礼の言葉は聞けなかった。その代わり借りは必ず返すと言われたのだ。

人に頭を下げたくないという人間はたまにいるが、謝ることができないのはまだしも感謝の言葉は普通に言えそうなものなのだが……。

（どっちにしても、大人げないことに変わりはないか）

さて、どうしたものかと迷ったが、あまり長い間を置かずに荇子は布を手渡した。現実的に助かるということ以上に、断ったら面倒臭（めんどうくさ）そうだと思ったのだ。

「では、お願いします」

如子は布を受け取ると、木箱を自分の前に移動させてせっせと皿を磨きはじめた。白魚を連想させる華奢（きやしや）な指がたちまち黒く汚れていったが、如子にはためらう素振りもない。

荇子は立ち上がり、几帳（きちよう）の陰に設（しつら）えていた自分の文机（ふづくえ）を持ってきて、如子の傍に備えなおした。あまり顔を合わせていたい相手ではないが、さすがに彼女に皿磨きを任せっきりで几帳の陰で作業に没頭するのは気が引けた。なにより書字のための採光を考えると、こちらのほうが良かったのだ。

紙が入った平箱を文机の傍らに置いてから、荇子は角盥の水で手を洗った。高級な唐紙に油皿の煤汚れをつけるわけにはいかない。如子の指が黒くなったのを目の当たりにしたので余計に慎重になった。

平箱は、昨夜は内侍所に保管していた。几帳や障子で仕切られただけの個人の局には誰が入ってくるかわからない。その点、隣室の賢所に神鏡が安置されている内侍所には、警護の大舎人が不審者に目を光らせているから安心だった。

一枚目の紙を取り出す。全体に亀甲紋を刷りだした厚みのある紋唐紙は、景徳鎮の器を思わせる青磁色だった。なんのかんの言っても、やはり中宮が用意しただけはある。弘徽殿女御の贈答品として使われることは腹立たしいだろうが、だからこそ粗末なものは渡せないという思いもあったのかもしれない。

「きれいな紙ね」

いつのまにか如子が、手を止めてこちらを見ていた。彼女の前には磨かれた油皿がすでに数枚重ねられていた。

「ええ、さすが中宮様ですわ」

「中宮様？」

如子が訝(いぶか)し気につぶやいたが、知らないはずはなかろうと荇子も訝しんだ。献上した紙の行き先が弘徽殿女御なのだから、藤壺(ふじつぼ)全体が怒り心頭でいるだろうに――。

（もしかして？）

藤壺で孤立、いやはっきりと嫌われている如子はその件を知らせてもらっていないのではないか。先日のことを思いだせば、藤壺には好んで如子に話しかける者がいないことは容易に想像できる。

ひょっとして口を滑らせたのかと思ったが、いまさらどうにもならないので改めて事情を説明することにした。

「こちらの紙は、先日の仏具の御礼にと中宮様が差し入れてくださったのです」

「仏具？」

まったく存ぜぬことのような如子の反応に、よもやこの件も聞かされていないのかと荇子は絶句した。

帝から中宮に仏具が贈られた件も、この紙がその礼品であることも、その礼品が弘徽殿への贈答品に使われることも、なにもかも如子は聞かされていないのか。

確かに藤壺の女房達から敬遠されている如子が、そんな意地悪を受けていても不思議ではない。如子のほうとてあれほど傲岸にふるまっているのだから、多少の嫌がらせぐらいは覚悟しているだろう。

腹をくくった荇子は、正直に告げることにした。

「ええ。紙をお持ちになられたさい、大夫様がそう仰せでした」

「大夫？　あ、なるほどね」

一瞬怪訝な顔をしたあと、如子は合点がいったというように相槌を打った。一応耳には入っていたようだ。なんとなくほっとする荇子に、がらりと口調を変えて如子は言った。

「その青磁色の紙には、湖や川の歌が似合いそうね」

思いがけない指摘だったが、なるほどと荇子は思った。

和歌と紙の種類によるが、花鳥風月にあわせるのはありかもしれない。

いったん筆を置き、箱の中の紙をぱらぱらとめくって他の色も確認する。端のほうをざっと見たかぎり色も柄も複数のものが入っていた。

「淡紅、浅藍、淡朽葉、それと黄蘗ですね」

荇子の説明に、如子は沈思した。それでも油皿を磨く手を止めないあたりがらしいというか、公卿の姫らしくないというべきなのか。

「和歌の種類にもよるけど、その彩(いろど)りだったら春夏秋冬にしたほうがやりやすいかもしれないわ」

「春夏秋冬？」

「そう。淡紅は春、浅藍は夏で、淡朽葉と黄蘗は秋。青磁は冬があうのじゃないかしら」

なるほど、それは気の利(き)いた装丁(そうてい)になりそうである。水関係に青磁色を使うつもりだったが、四季にあわせるのなら夏か冬だろう。しかし浅藍が夏以外しっくりこないから、消去法で青磁が冬になる。

正直に言えば文字を美しく書くこと以外は興味が薄かったのだが、どうせ書くのならより見栄えのよいものにしたいという欲ぐらいは荇子にもある。

「よいですね。和歌のほうを分けてみますね」

荇子は手本の冊子を広げた。多くの歌は季語を入れているから、四季に分けることは難しくなかった。というよりもこの和歌集自体が四季の順に記されていた。

荇子は一枚目の青磁の紙を二つ折りにした。書字を行う前に、冊子として仕上がったときの状態を想定するための作業だった。

優雅でいて厚みのある唐紙は、裏表を使用する粘葉本(でっちょうぼん)に適している。

粘葉本とは、二つ折りした紙の折り目付近を細く糊付(のりづ)けして作る本のことである。継ぎ目がない側は完全に平面に開くが、貼り合わせた側の紙面は糊付けの分、角度ができる。交互にその紙面が現れるさまが蝶の飛ぶ姿にも似ているということで、胡蝶装とも呼ばれている。

そのあたりの構成も考えて書字をしないと、うっかり継ぎ目付近に文字を書いては読みにくいことこのうえない。ゆえにすべての紙をいったん二つ折りにし、装丁の目測をつけてから書字をするのが荇子のやり方だった。

青磁から淡紅と、上から一枚一枚丁寧に折り目をつけてゆく。何枚目かの淡朽葉の一枚を折ったあと荇子は眉をひそめた。

山折りにした側、つまり裏面にわずかだが黒い小さな染みを見つけたのだ。

（墨滴？）

荇子はまだ墨を用意していない。粗相して紙を汚さないよう、いざ書字をはじめる寸前まで出さないつもりでいた。ならばこの紙は、最初から汚れていたことになる。つまりは藤壺で汚れたということだ。

恐る恐る染みの部分に触れてみる。完全に乾いていたので、いまついたものでないことが確認できた。

改めて染みの状態を観察した。ごく小さな染みが点々と散っている。墨汁を含ませた筆先を、間近でゆするか何かしたものであろうか？　だとしたら裏面ではなく表につきそうなものである。

しかしこれぐらいなら、書字をうまく細工すれば消せそうである。

うっかり普通に書いてしまわないように、その紙だけ折り目を左右逆にして重ねる。

しかし次の紙に手を伸ばした瞬間、荇子は完全に色を失った。

平箱に入っていた黄蘗の紙には、淡朽葉の紙とは比べ物にならないほどにくっきりとした黒い染みが散っていたのだ。

「どうなされたの？」

荇子の様子がおかしいことに気づいたのだろう。如子が声をかけた。

とっさに返答できないでいると、いかにも如子らしく皿を置いていざりよってきた。ちなみに大半が磨きあがっているあたり、要領がよいのか手を抜いたのかが微妙なところである。

荇子の視線を追って箱をのぞきこんだ如子は、柳眉(りゅうび)をひそめた。

「なんなの、これは？」

「私にも分かりません」

状況から考えて、中宮が汚れた唐紙を献上したとしか考えられない。しかも明らかに故意にである。淡朽葉の紙程度の汚れなら気付かなかったということもあるが、この汚れのひどさでそれはあり得ない。

こちらは表面が汚れていることから考えて、ひょっとして淡朽葉の汚れはこれが移ったものなのかもしれない。しかもその二枚だけではなく、三枚あった黄蘗の紙はすべてが同じように表側が汚れていたのだ。

(中宮様が?)

自分が献上した唐紙を、よりによって弘徽殿女御のための装丁本に使う。正直これぐらいの嫌がらせをしたとしても不思議ではない。

さりとて如子を前にして、中宮への疑念を口にするのは憚(はばか)られた。

如子が中宮に忠義を尽くしているとは思わないが、かといって恨んでいるというわけでもなさそうだ。荇子に白粉(おしろい)容れの件を口止めしたように、如子は中宮に対して同情とも共感ともつかぬ複雑な感情を抱いている気がした。

「中宮様の仕業(しわざ)ではないわ」

むすっとして如子は言った。考えていることはお見通しだったようだ。

荇子は眉を曇らせたまま、なにも答えなかった。この状況でそんなことを言われても信じることなどできない。

荇子と如子はたがいに相手を見つめあった。どちらも口を利かない、ひたすらけん制しあうだけの沈黙が流れる。

やがて諦めたように、如子が口を開いた。

「そもそもこの紙を用意したのはおそらく源大夫（げんのだいぶ）だから、女房達ならともかく彼はそんな子供染みた真似（まね）はしないわよ」

藤壺の困窮（こんきゅう）と有任（ありたか）の献身が、いまの如子の言葉に集約されていた。

つまりこの高価な唐紙は、有任が身銭を切ったものだったのだ。彼の位であればさほどの負担ではないだろうが、いまの中宮を経済的にまで支援するなど損得を考える者ならまずしないことだ。

「もちろん大夫が目を離したすきに、こっそりと誰かが汚した可能性はあるけれどね」

「それは藤壺の女房のどなたかがですか？」

中宮が主犯でなくともその可能性はある。荇子の問いに如子は否定とも肯定ともつかぬ形に首を揺らした。

「でもそれならば、ここに出入りしている女房の可能性もあるのではない？」

想像もしない指摘に、言葉を失う。

そんな馬鹿な、とは言い返せない。荇子も如子の同僚である藤壺の女房達を疑ったのだからおたがいさまだ。なにより昨夜、紙が入った箱を内侍所に置いていた。こちらのほうが安全だと考えてのことだが、状況を考えればその可能性はある。

　近頃さいさん帝の名指しを受ける荇子を、面白く思わぬ女房はいるだろう。長橋局などその代表格だ。それにいかに警固の大舎人がいようと、内裏（だいり）女房が内侍所に入ることは疑わない。

　いまになって、箱を受け取ったときに中を確認しておかなかったことが悔やまれる。そうすればどの段階で汚れたのかがはっきりと分かったのに、色々と作業が立て込んでいたので、紙を汚さないために手を洗ってまで確認する余裕がなかったのだ。完全に自分の過ちである。

「どうするの？」

　頭を抱えこむ荇子に、冷静に如子が問うた。

「主上に申し上げる？　そうだったらあなたの過失でないことは私が証明するわ」

　それはありがたいが、いかんせん昨日帝から紙を預かってからの潔白が証明できない。

　内裏に仕える女達の監督は内侍司の管轄（かんかつ）である。ゆえにこの件を明るみに出せば、その解決は長橋局の手に委（ゆだ）ねられる。日頃の関係を考えれば、長橋局が責任を荇子一人に押し付けることは十分考えられる。

だとしても普通に考えれば、きちんと主上に報告すべきことだった。長橋局がなにか言ってきたところで、荇子にこんなことをする理由がないことぐらい帝も分かってくれるであろう。

だが――。

「……本当に中宮様は関与なされていないのですね」

念押しをするような荇子の問いに、如子は即答しなかった。

如子は否定したけれど、荇子はその可能性を捨てきれていない。そして万が一中宮の仕業だとしたら、その動機が分かるだけに公にすることは胸が痛んだ。

そして、もうひとつ。

この件を公にすることを躊躇させる理由が、荇子にはあった。

如子は目を伏せ、なにか考えるように間を置く。

「主上は、献上された紙の種類をご存じなの？」

唐突に如子が訊いた。荇子は首を横に振った。

「ご存じではないと思います。大夫から献上された唐紙を、ろくに御覧にならないままこの箱に移しかえて私に渡されました」

「ならば私が新しい唐紙を提供するわ。もちろん同じものは無理だけど」

思いがけない提案に、荇子は目をぱちくりさせる。つまり如子が損害をかぶると言っているのだ。

荇子はあわてた。

「そんなご負担をお願いするわけにはまいりません」

「借りを返すって言ったでしょう」

「油皿を磨いてくださいましたから、もう貸し借りはなしです」

荇子が指さした裏返しにした箱の蓋には、如子が磨いた油皿が積んであった。この数からして、箱に入っている汚れた皿はもうわずかだろう。

「それにせっかくご自身の働きで稼いだ貴重な禄を、こんな陰湿な意地悪のためになど使わないでください」

やけに俗っぽい荇子の言葉に、如子はぽかんとする。

こんな隙のある表情もするのかと、荇子は珍しいものを目にした気持ちになった。

「確かにいまは上臈の御身分で、私のような中臈よりもずっと稼いでいらっしゃると思います。だけど世の中なんてどう転ぶか分からない。内府の君ほどにお美しい方でしたら引く手あまたでしょうけど、その殿方々だっていつ失脚するか、縁起でもないですけどはかなくなるかも分からないのですよ。ですから貯えは大事にしないと！」

息も継がずに一気に荇子は訴えたが、客観的にはまったく余計なお世話である。

されど荇子も、衣と米を安定して他人に用意してもらえる相手にならこんなことは言わない。だが如子はそうではない。しかも将来の立ち行きが危うい藤壺の女房である。

長々とした弁舌を終え、荇子は肩で息をした。気が付くと、如子がひどく胡乱な目で荇子を見ていた。

急速に頬が熱くなる。

（わ、私はなにを……）

如子の反応はとうぜんのものだが、さりとてこの空気はいたたまれない。居心地が悪そうに身をすくめる荇子に、ぽつりと如子が言った。

「そのとおりね。じゃあ手間はかかるけど、もうひとつの案にしましょうか」

いったん引き下がった如子が持ってきたものは、平たい手箱だった。古い物のようだが漆塗りが丁寧で非常に良い品と思われた。

蓋を開けた中には、無造作に重ねられた使用済みの紙が入っていた。きっちりと折り目がついているところから元は結び文のようで、しかも美しい染め紙を使っているあたりは恋文か趣味の高い女友達からのものを連想させる。

「これは？」

「反故紙（ほごがみ）よ」

あっさりと言い切った如子に、荇子は遠慮（えんりょ）がちに一番上の藤色の染め紙に目を見下ろした。

「……あの、これ恋文では？」

「みたいね。でもこんなものは腐るほどあるから、別に貴重でもなんでもないのよ。どの文が誰からなのかも忘れてしまったわ。だってほとんど読んでいないから返事も出したことがないのよ」

もう荇子はなにも言えなかった。

つまりこの大量の美しい紙は、如子が袖（そで）にしてきた殿方達からの恋文の束で、それを律儀（りちぎ）に保管していたのは、情ではなくて反故紙として使うためだったのだ。

「そ、それでこの文をどうするつもりなのですか？」

さすがに反故紙とは言えずに一応文と表現したが、そんな心遣いなど如子には気づいた様子もなかった。

「ちょっと場所を借りるわね」

そう言って如子は、間近の文机(ふづくえ)の前に座った。仲の良い弁内侍(べんのないし)の物だからあとから断ればば大丈夫だろう。長橋局の物であれば即座に止めさせたところだが。

如子は文の束を一枚一枚めくってゆき、何枚かを取り出した。皿磨きで汚れていた指は洗ってきたようで、もとの白く輝くような手に戻っていた。

訳も分からず眺める苻子に、如子は「汚れた紙をちょうだい」と言った。もはやなにか問う気力もなく、苻子は彼女のそばにいざりよって墨(すみ)のついた黄蘗(きはだ)の紙束を手渡す。如子はそのうちの一枚を目の高さに上げ、矯(た)めつ眇(すが)めつ眺めつつうんうんと一人で相槌(あいづち)を打っている。

「これかな?」

そう言って先ほど取り出した反故紙の中から、朱色の一枚を引き出した。次いで手箱の奥から刀子やらの道具を取り出すと、躊躇なく紙を切りはじめたのだ。

「な、なにをなさって……」

苻子は思わず声をあげた。本人は反故紙だと言っても、一応恋文である。それをこんな躊躇(ためら)いなく刃を入れるだなんて。しかし如子は、苻子の制止など無視して切り刻んだ紙片をごそごそと動かしている。

「御覧なさいな。こうするといい感じになるでしょう」

如子は文机の上を指し示した。横からのぞきこんだ荇子は目を見張った。

「これは……」

黄蘗の紙には染みを隠すように朱色の紙片が散っており、まるで継紙のような装丁(そうてい)となっていたのだ。

「まだ糊付(のりづ)けはしていないけど、大きな染みは雲形か流紋の紙片を作れば、うまく隠せると思うわ。色も二色以上使ったほうがしっくりくるでしょ」

そう言って如子は今度は蘇芳(すおう)色の反故紙をひらひらと振って見せた。手元に置いた朱色の反故紙は、文字の記されていない端の部分のみが巧みに切られている。

「これなら貯えも減らさないでしょ」

茶化すようでもなく、かとって深刻でもない平坦な口調に荇子ははっとする。

この人は、私の言い分を分かってくれた——いや、最初から分かっていたのだ。米と衣を不足なく得続けるために、人にはなにが必要なのかを。

「どう?」

「お願いします！」

荇子はぺこりと頭を下げた。皿磨きの労力も考えたら、今度は荇子のほうが借りひとつになる。けれどこの人になら借りてもいいし、いつか絶対に返せると思った。

「この借りは、必ず返しますから」

如子は唇の端を軽く持ち上げ、小気味よさそうに笑った。

「その言葉、忘れないでね。では私が紙作りをしているうちに、あなたは春夏と冬の和歌を写してしまいなさいな」


四色のうち、青磁色と淡紅の唐紙に和歌を書き写し終えた頃、如子が紙貼りの作業を終えた。

こっちに来てと呼ばれ、荇子はいったん筆を置いた。

如子が床に並べた三枚の黄蘗の紙を見下ろした荇子は、うっとりと見惚れた。

「素敵……」

単純にその言葉しか出てこなかった。

あれだけ散っていた染みは、鮮やかな染め紙によって跡形もなく消えていた。最も心配していた、端に大きく広がっていた濃い汚れには、雲形に切った蘇芳と淡紫の紙を少しずらして二重にして貼り付けている。蘇芳の紙に散っていた金粉の効果もあり、まるで船載品の紙のように見事な出来栄えだった。

他にも波形の紙片を貼ったもの、形と色のちがう紙片を満遍（まんべん）なく散らしたものなど、どれもこれも、如子の趣味の高さと手先の器用さをうかがわせる見事な仕上がりとなっていた。

「これ、すごい。すごいですよ、内府の君」

興奮した荇子は、行儀もへったくれもなく床にへばりついて三枚の紙を凝視する。

如子は大したことではないというように取り澄ましているが、まんざらでもないのか口（くち）許（もと）の緩（ゆる）みを抑えきれていない。

「こちらに文字を書くのは、糊が乾いてからね。紙が反らないようにしっかりと伸ばさないといけないから」

言いながら如子は、いつ持ってきていたのか二枚の板で紙を挟みこんでその上に自分の手箱を置いた。重し代わりである。

「さ、やっと戻れるわ」

独り言のようにつぶやくと、如子は再び油皿の前に座った。想像以上の仕上がりにすっかり興奮していた荇子は、ようやく我に返る。

「ちょ、もういいですよ」

「なにを言っているの。引き受けたことは最後までやるわ」

「だからといって……」

油皿磨きにかんしてだけ言えば、引き受けたというより強引に請け負ったというほうがよい展開だった。それに皿磨きを途中で放棄されたとしても、この紙の件で十分なほど貸しは返してもらった。

（いえ、そうじゃない）

荇子は思いなおした。

皿磨きで貸しはすでに返され、今度はこの紙で荇子が借りを作ったのだ。ならば、今度はこちらが貸しを返さなければならない。それがいつ、どんな形になるのかは分からないけれど。

「分かりました、お願いします」

はっきりと言った荇子に、如子は目配せを返す。

これで一段落ついたと肩の力を抜いたとき、ふいに如子が尋ねた。

「仕上がった冊子を主上が女御様にお授けになられたとき、誰が動揺（どうよう）すると思う？」

核心をついた問いに、荇子は目を見開く。

涼し気な如子の瞳を見て、ああ、やはりこの人は分かっていたのだと思った。

事の次第を帝に報告することに荇子が躊躇（ためら）いを見せたとき、如子はほとんど追及をしないまま別の解決策を提案した。それは荇子の意図を承知していた故の対応だったのだ。

荇子は声を低くした。

「注視して、見ておかねばなりませんね」

「私は藤壺のほうを見ておくから、あなたは後宮職員（こうきゅうしきいん）達を注意していてちょうだい」

如子がいう後宮職員とは、女房達も含めた内裏（だいり）に使える女官の総称である。女孀（にょうじゅ）やそれ以下の身分の低い女達のことも含んでいる。つまりは全員の挙動に目を光らせろという意味だ。

荇子の確認不足が原因で、この件にかんして三組の容疑者を生じさせた。

一組目は藤壺の者。推察できる動機は、帝ないしは弘徽殿に対する報復だ。

二組目は内侍司の者。これは荇子を困らせようとしてのものだろう。

そして三組目は、中宮その人。動機は藤壺の者達と同じである。

しかしまともに報告して長橋局の手に委ねられては、荇子の責任にされて終わりの可能性もある。不手際を責められるのはしかたないが、冤罪（えんざい）に甘んじるなどまっぴらごめんである。

諸々の事情を鑑（かんが）みて、荇子はこの件を報告しないことに決めたのだ。

だからといって、このまま見逃すつもりなど毛頭ない。

装丁を終えた冊子がなんの騒ぎにもならずに女御に渡ったとき、紙を汚した犯人は少なからず動揺を見せるはずだ。

そこから犯人を探ることができる。この場で報告をしない理由は、犯人を見逃すのではなく捕まえるためである。それがもし内裏女房の誰かだったら、容赦なく名をあげるつもりだ。もちろん藤壺の女房でも同じことである。

しかしもし中宮個人の意向によるものだったとしたら、やはり心は痛む。

「内府の君」

苻子の呼びかけに、如子はあらかじめ分かっていたかのように顔をむける。彼女の眼差しを正面から受け止め、苻子は問うた。

「もしもこの件に中宮様がかかわっておられたら、いかがなさいますか?」

「中宮様の仕業ではないと、言ったでしょう」

繰り返された苻子の疑いの言葉を、如子は怒ったふうもなくさらりと否定した。

苻子は眉を曇らせたままなにも言わなかった。如子は泰然としているが、なんの根拠もなくそんなことだけを言われても信じることなどできない。

如子はほっそりとした首をゆらりと揺らした。艶のある黒髪が、束になって肩を滑り落ちた。

「疑うなというほうが無理でしょうけど、私は分かるの」

「どういうことですか？」

「中宮様は、もはや主上を恨んでなどおられない。だから女御のことも恨んでなどいないのよ」

言い分だけ聞けば、誰が信じるかというものだった。しかし如子がここまで言うからにはなにか根拠があるのだろうと、荇子は次の言葉を待った。

「お恨みに思われるほど、中宮様は主上のことを愛してなどおられないわ」

荇子は虚をつかれたようになった。

しばらくして思考がよみがえる。確かにあれだけ冷遇されていて、以前と変わらぬ愛情を抱けるはずがなかった。考えてみればとうぜんのことだ。

だというのに中宮が変わらず夫の愛を求めつづけていると、なんの疑いもなく思い込んでいた自分の浅はかさに荇子は自嘲交じりの笑みを漏らした。

「では、おたがい様なのですね」

「そういうこと」

冷ややかに如子は返した。

室の気温が急に下がってゆく気がした。

もちろんその証言だけで中宮への疑いは消えない。愛情と恨みは必ずしも表裏一体ではない。通りすがりにいきなり舌打ちをされたら、それが縁もゆかりもない相手でも腹は立つ。今回の帝の仕打ちは愛情の有無とは関係なく、中宮の怒りを買ってもしかたがないものだった。

状況を鑑みれば、どうしたって中宮が怪しいことは否めない。

ただもしも中宮が犯人だった場合、やはり自分は紙が汚されていたことを口外できないかもしれない、と荇子は思ったのだった。

3章

密事（ひそかごと）

皐月朔日。

早朝からの仕事を終えていったん局に戻ってすぐに、征礼が苻子の好物の干し棗を持って訪ねてきた。なんでも高倉の自邸に大量の差し入れがあったということだった。

「やっと射手が手配できたよ」

干し棗に目を輝かせる苻子に目を細めつつ、征礼は言った。

「射手って、騎射の？」

「そう。今年は殿舎対抗の競技が行われるだろう」

騎射とは、端午節会（節会は宮中の宴のこと）の競技のひとつである。馬を疾走させながら的に弓を引くので、相応の技術が必要となってくる。本来なら射手は六衛府の武官が請け負うのだが、今年はどういうわけか麗景殿の女御が献上を申し出たのだ。

大納言の娘で、祖父である先の右大臣の養女として入内をした麗景殿女御は二十二歳。中宮ほど冷遇されてもいないが弘徽殿ほどときめいてもいない、よくも悪くも宮中での存在感の薄い妃である。

この場を借りて少しでも己の立場を誇示しようという思惑かもしれないが、それならば当方もと弘徽殿が名乗りを上げてしまったのだ。父親である左大臣の意向が強く働いていることは言うまでもなかった。

そうなると中宮を擁する藤壺も黙ってはいられない。結局三人の后妃達がそれぞれに射手を献上することとなり、それでは本来の六衛府の競技とは別に騎射を行い、各殿舎ごとに勇壮さを競おうではないかという次第になったのである。

有任が手配をするべくだいぶん走り回ったらしいが、現状の藤壺に手を貸す奇特な貴族はなかなか現れない。そこで征礼は、日頃から有任に良くしてもらっている誼で手を貸すことにした。伝手を片っ端から当たり、ようやく縁の貴族から配下にある手練れの武者を貸してもらう算段になったのだという。

「なかなか見つからなくて、これはいよいよ俺がしないといけないかと思ったよ」

あながち冗談でもない口調に、苻子は眉をひそめた。

「危ないわよ。騎射なんて、あんなものはそうとうの手練れでないと怖くて見てられないわ」

「でも、一応やったことはあるよ」

「どうせ大和にいた時の話でしょう。何年前よ」

三つ目の干し棗を口に放り込んだ苻子に、征礼は苦笑しつつ言う。

「ともかく、これでやっと肩の荷が下りたよ」

それは良かったという安堵の思いを口腔に広がる甘味とともに嚙みしめていると、征礼はがらりと話題を変えた。

彼が口にしたのは、荇子と如子が手掛けた冊子の件だった。

曰く、帝から贈答された和歌集が非常に見事な出来栄えで、あまりの美しさに弘徽殿女御は感極まったほどである。その装丁のすべてを手掛けたのが江内侍という女房で、いまや御所中で彼女の名を知らぬ者はいないというのだ。

「図書寮の官吏達も感心しきりだったって話だぞ。これはすごいことだ」

少年のように目をきらきらさせて語る征礼の前で、荇子は浮かない顔になった。

「……勘弁してよ」

「どうして？　俺の幼馴染なんですよって、鼻高々だったよ」

「実はそれ、私一人の仕事じゃないのよ」

え？　という顔をする征礼に、荇子は経緯を説明した。

二人で和歌集を仕上げたあと、如子は自分が手を貸したことは黙っているように口止めしてきた。理由を聞けば、女御に贈答する品に中宮の女房である自分が手を貸したと知れれば面倒なことになりかねない、という筋の通ったものだった。

「内府の君の言い分はもっともなものだけど、私一人が手柄を立てたように言われるのはただただ気が重いのよ」

「そういうことか。俺はてっきり長橋局がなにか言ってきたのかと思ったよ」

長橋局の名に、少なからず荇子は動揺した。嫌がらせや皮肉を恐れてではない。そんなことは奉書が目に留まって以来、いまさらである。

しかし彼女からは、黄蘗の唐紙を汚した疑念が消えていない。

いかに敬遠している相手とは言え、確かな証もないままこんな疑いを持つことに罪悪感はある。されど如子と共闘して被疑者の行動を注視しようと約束したのだからいたしかたない。

もっとも現実問題としていまのところは、長橋局をはじめ内侍達、他の内裏女房達にも特に変わったところは見うけられなかった。あれから時々顔を合わせるようになった如子も、藤壺の者達に怪しい反応をする者はいなかったと言っていた。

そのような事情もあり、紙が汚されていたことは二人の間だけの極秘だった。先ほどの征礼への説明も、紙を細工するという如子の単純な案に荇子が同意したとだけ話した。

「そういうわけだから、内府の君に手伝ってもらったことは他言しないでね」

「分かったよ。けど、それは確かに申し訳ないな」

なんの疑念も持たない征礼に少々心が痛む。別に嘘をついているわけでも、彼に有利なことを隠しているわけでもない。そもそもこの件は征礼にはなんの関係もない。

ただ幼いころからなんの隠し事もせずに付き合ってきた仲だったので、些細なことでも秘密を抱えてしまうと申し訳ない気持ちになるのだ。

「しかしお前と内府の君が、そんなに親しくなっているとは思わなかった」

「……そんなんじゃないわ。あの方に借りがあるだけよ」

「この間、お前が貸しを作ったんじゃなかったか?」

「あの貸しはもう返してもらったの。今度は私が借りを作ってしまったのよ」

征礼は意味の分からぬ顔をするが、紙が汚されていたことを言えないのだからそれ以上の説明はできない。

これ以上訊くなとばかりに、荇子は籠に盛った干し棗を半開きになっていた征礼の口に押し込んだ。反射的に征礼は唇を閉ざして嚥下をする。彼が黙ったのを確認してから、荇子は自分も干し棗を放りこんだ。

もぐもぐと口を動かしていると、先に食べ終わった征礼がぽつりと言った。

「そりゃあお前だって、隠し事のひとつやふたつはあるよな」

それから二日後の、皐月三日。

端午のための菖蒲の輿が、紫宸殿の南庭に届いた。

左右の近衛、衛門、兵衛のいわゆる六衛府が毎年御所に献上する恒例の品で、香気の強い菖蒲（花菖蒲とは別種）を中心に、他にも季節の花々で飾り立てられている。

「だから一緒に見に行きましょうよ、江内侍さん」

渡殿で鉢合わせたところで卓子につかまった。まだ皐月だというのに早々と盛夏に着るような単の赤い唐衣をまとっている。文様を織り出した赤や青は中臈以下には禁色だが、平絹であれば誰でも着ることができる。

「私はいいわよ。どうせ明日になれば清涼殿に運ばれてくるのだから」

菖蒲の輿は四日に、清涼殿の庭に移されることになっている。ゆえに今日わざわざ紫宸殿まで足を運ぶ必要もないと思うのだが、卓子の言い分はちがっていた。

「明日になったら、菖蒲の香気が抜けますよ。花も萎れてしまうし。それに明日は端午の飾りつけに追われるのでしょう？　そんなものを見る余裕はないですよ」

荇子の腕をひしっとつかみ、しぶとく卓子は粘った。そうなるとたいしたことでもないからと、しぶしぶでも荇子は付き合わざるを得ない。

まったく、この無邪気さと愛らしさはそうとうに厄介だ。

荇子にかぎらず多くの者が卓子に弱いのは、彼女の若さと容姿だけが理由ではない。卓子が相手に対する好意を、一片のてらいもなく前面に出すからなのだ。自分はこの子に好かれている。それがなんとも心地よく、そして安心もできる。

青々と葉を繁らせた漢竹を横目に、紫宸殿につながる長橋を二人で進む。手を振って進む卓子に、苻子は扇をかざすように注意をした。

殿上の間という朝議の場があれど、清涼殿は後宮のひとつ。言ってみれば内裏女房達の持ち場だ。されど正殿たる紫宸殿はちがう。公的な儀式が行われるこの場所は、大内裏からも多数の官吏達が出入りしている。後宮と同じように振る舞うわけにはいかない。

卓子は素直に従い、扇を広げた。しかし要の持ち方はぞんざいで、煩わしく感じていることがひしひしと伝わってきていたが。

北側の簀子から殿舎を半周して、南側に出る。

白砂を一面に敷き詰めた紫宸殿南庭は、いつもながら端粛な美しさを保っている。苻子が立つすぐ手前には、白く小さな花を咲かせた右近の橘が見える。

十八段の階を持つ紫宸殿は、内裏の他の殿舎に比べて極端な高床となっている。高欄から見下ろすと、すぐ下には三つの菖蒲の輿が並んでいた。左側の輿は階に阻まれて見ることができないが、同じように三つ並んでいるはずだ。

「わあ、いい香りですね」

膝をついて高欄から身を乗り出す卓子に、落ちやしないかとひやひやした。あたりは菖蒲の香気が立ちこめている。こちら側にあるのは右衛府のものだが、近衛、衛門、兵衛のどれがどれなのかは分からない。

それぞれの輿は菖蒲の他、色とりどりの夏の花で飾られていた。白い花は卯の花に、かには（上溝桜（うわみずざくら））、黄色の莕菜（あざさ）、紫色の杜若（かきつばた）に花かつみ（野花菖蒲）。御所ではあまり見られない野の花なども挿してあって、楽しいというより懐かしい気持ちになる。

「大和では、よく見ましたよね。かには」

懐かしそうに卓子が言う。御所に来て半年しか経っていない卓子のほうが、郷愁（きょうしゅう）の念は強いのかもしれない。いつもは真夏の太陽のように明るい卓子の横顔に、少しだけ影が差したように見えて荇子は憐（あわ）れみを感じた。

「もうしばらく頑張ったら少しまとまったお休みをいただけるから、そのときは一緒に大和に帰りましょう」

「本当ですか⁉　うわあ～楽しみ」

卓子が顔を輝かせた。我ながら甘々だと思うが、卓子のように親愛をなんのてらいもなく素直に見せられると、無条件で優しい気持ちになる。これが人間関係を円滑にするコツかもしれないが、さりとていまさら長橋局相手にそんなふうにはふるまえない。

（そもそもこっちに非があるわけじゃないし……）

漠然と広がりはじめた憂鬱な気持ちを強引に振りはらったとき、皐月の湿った風にのって菖蒲とは別の薫りが鼻をかすめた。

香でもない匂いに、風が吹いてきた方向に顔をむける。

簀子の左側、階を挟んで左近の桜より少し先に橡の袍を着た公達が立っていた。武官が付ける緌越しの横顔を見せているのは、頭中将・藤原直嗣だった。

彼は高欄の前に立ち、下にいる雑役達になにか命じていた。

「そうだな、その花であれば蔓のように巻き付けて飾れるのではないか」

どうやら菖蒲の輿にさらに手を加えているらしい。六つの輿のうち一つは、彼が所属する左近衛府が献上したものだった。装飾が気にくわないのか、もしくはもっと良い案を思いついたのか。

「あの……」

単純な善意から荇子は声をかけた。直嗣は振り返り、扇をかざした荇子に怪訝な顔をする。見た顔だが名前は出てこないというやつだろう。直近で会ったのは如子と一緒にいた時だから、なおさら注目もされているはずがない。

「菖蒲の輿に飾るのであれば、夏蔦は御止めになられたほうがよろしいかと存じます」

「夏蔦？」

直嗣はますます怪訝な顔をした。

知らなかったのかと呆れたが、都育ちの若様であればそれもしかたがない。

「その方がお持ちの花です」

如子は雑役が手にした笊を指さした。中には青々とした葉と白い小花をたわわに咲かせた蔓状の植物が入っていた。

「夏蔦は非常によい芳香を放ちますが、それゆえに菖蒲の薫りが消えてしまいます」

直嗣は目を瞬かせ、雑役になにか言った。雑役は腕を伸ばして籠を上に上げ、直嗣は身を乗り出して夏蔦をつまみあげた。鼻に近づけて確認するまでもない。なにしろ少し距離のある荇子が気付いたぐらいの薫りなのだから、その距離の直嗣が意識してなお気付かないはずがなかった。

あんのじょう直嗣は驚いた顔をする。そこまで見届けてから一礼すると、荇子は彼に背中をむけて卓子に言った。

「もういいでしょう。そろそろ戻らないとおたがいに怒られるわよ」

「もうですかあ～」

言葉だけは不服そうだが、冗談めかした口調で卓子は返した。菖蒲の輿なんて、そういつまでも見入るほどのものではない。

高欄から身を離した卓子と行こうとしたとき、背後から直嗣に呼び止められた。先ほどよりもずいぶんと距離を縮めてきている。

「そなた、江内侍であろう。女御への和歌集を装丁（そうてい）した」

もはやそういう覚えられ方をされてしまっているのかと、荇子は少々複雑な気持ちになった。特に直嗣は弘徽殿女御の実弟だから、とうぜんと言えばとうぜんだが。

「はい、拙（つたな）い作でございましたが」

「謙遜（けんそん）をするな。女御はたいそうお気に召しておられたぞ」

上機嫌で語る直嗣に、荇子は面倒臭（めんどうくさ）さと心苦しさから適当に相槌（あいづち）を打っていた。扇のおかげで気乗りしない表情を読み取られていないことは幸いだった。

この青年は自分が声をかけた相手、特に女が迷惑に思う可能性など露程も考えたことはないのだろう。ましてその内容が、いまをときめく弘徽殿女御がお気に召したという話なのだから。

磊落（らいらく）さは、傲慢（ごうまん）と紙一重（かみひとえ）だ。

「しかもそなた、例の雀（すずめ）の騒動も解決したというではないか。これはよい礼の機会だ。明後日の端午には私から薬玉（くすだま）を贈ろう」

いらない、という言葉が喉元まで出かかった。

感謝の気持ちと好意はありがたいが、当代一の貴公子と名高い直嗣からそんな待遇を受けては長橋局とますますやりにくくなる。そもそもが、好きでもない相手から薬玉をもらっても処置に困る。

端午の薬玉とは、菖蒲と蓬を組んで作った玉を花と五色の糸で飾った物である。親しい者に贈ることは慣例化しているが、圧倒的に多いのが男女間でのやりとりだ。

「困ります。そのような厚遇、お受けできません」

迷惑だとは正直に言えないので、やんわりとした言葉で退けようとする。謙虚とも慎み深いともとれる言葉が直嗣のなにかを揺さぶったようだ。

「なんだ、ひょっとして薬玉をもらう相手が決まっているのか?」

「そのような方、私には……」

「そんなことないですよ。藤侍従さんが、今年こそ江内侍さんに薬玉を贈るんだと息巻いていましたよ」

朗らかに卓子が告げた一言に、荇子は驚きに目を見開く。

征礼とは長い付き合いになるが、そんな話題になったことは一度もなかった。しかも今年こそはというのなら、これまでも試みようとしていたということか。

（いや、そんな馬鹿な……）

だめだ。これ以上考えたら顔が沸騰する。

耐えられなくなったあまり、荇子は扇を顔にぎゅっと押しつけた。跡が消えない年ではまだないが、化粧はまちがいなく扇の表面につくだろう。

「そなた、藤侍従と恋仲なのか？」

背後で響いた直嗣の声からは、先刻までの磊落さも傲慢さも消えていた。

荇子は、ゆっくりと振り返った。扇越しにむきあった直嗣の表情ははっきりと固くなっていた。

そのおかげというのもなんだが、のぼせあがっていた頭が一気に冷めた。

そうだった。直嗣は征礼に対して感情を鬱積させている。なぜなら同じ近侍で自分のほうが高位にありながら、帝からの信頼の点で大きく水をあけられているからだ。

誰からも気を遣われる身分で、かつ本人は眉目秀麗。察するにこれまで人付き合いでつまずいたことなど一度もなかったのだろう。そんな彼にとって、帝のふるまいは衝撃的であったにちがいない。

もっとも荇子からすれば帝は誰に対してもそんな感じだから、直嗣が特別に嫌われているというわけでもないとは思う。それでも主君の信頼を得られていないことを、人との比較で知らしめられることはさすがに辛かろう。

「そうなのか？　恋仲なのか？」

直嗣は同じような問いをふたたび繰り返した。

荇子はうんざりとした表情を扇で隠しつつ、できるだけ穏便に答えた。

「個人的なことですゆえ、それ以上のお尋ねは……」

気恥ずかし気に装うと、さすがに直嗣は申し訳なさそうに口をつぐんだ。このあたりの素直さは姉の弘徽殿女御と通じるものがある。良い意味での育ちの良さなのだろう。

直嗣が引いたのを素早く察知した荇子は、ひとつ頭を下げてから卓子の背を押すようにしてその場をあとにした。

そうしてやってきた端午当日。

内裏は前夜のうちに各殿舎を菖蒲で葺き、柱のあちこちには薬玉を吊るしていた。加えてこの日は朝臣達のみならず帝までも冠に菖蒲鬘をつけることになっているから、菖蒲の芳しい香気がそこかしこに立ちこめていた。

御所では武徳殿にて、儀式のあとに騎射や競馬等の競技が催される。

ゆえに帝は武徳殿に出御なさる。武徳殿は宴の松原の先にあり、大内裏内とはいえ御所から出るわけだから行幸となる。そうなると内侍司がもっとも神経を使うのは、剣璽（草薙剣と八尺瓊勾玉）の御動座だった。

帝はこの二つの神器と、常に行動を共にすることが義務付けられている。神鏡のみは賢所に安置しているが、剣璽は帝とともにあらねばならぬので、行幸のさいには夜御殿の安置所から持ち出し、剣璽使役の朝臣に渡すことが内侍の役目であった。ちなみに手渡すほうの内侍もまた剣璽使と呼ぶ。

今回、この役目は長橋局と弁内侍が務めることになっていた。

内裏女房達も幾人かは帝に随行するが、そうではない者にも競技の観覧は許可されている。

「楽しみですね。競馬とか弓比べが見られるのでしょう」

興奮を隠しきれないように卓子が言う。気の合う者同士で競技を観に行くため、台盤所で待ち合わせをしていたのだ。

「私も大和に居たときは乗馬が好きで遠乗りにも出かけましたが、御所ではそんな機会は全然ありませんね」

「都の大路を大和の田舎道と同じ感覚で馬を飛ばしたら、事故を起こすわよ」

「そうですね、危ないですね」

やんわりと戒めた荇子に、卓子は素直にうなずく。そのとき御簾を上げて入ってきた命婦が、卓子の顔をみるなり声をあげた。

「ちょっと、乙橘。衛門督様から薬玉をいただいたそうじゃない？」

「え、私は蔵人（この場合は五位蔵人）様からいただいたって」

別の命婦の問いに、卓子はけろりとして答える。

「えっと贈り主の方は覚えていないのですが、四、五個いただきました」

おお、と台盤所でどよめきが起こる。

これが二十歳前後の女なら多少僻まれはしようが、いかんせん卓子は十四歳と圧倒的に若く、しかもこれだけの美少女だからたいていの者は対抗する気にもならない。

「四、五個って、すごいわね」

さすがに感心しきりの荇子に、卓子はわりと真面目な顔で言う。

「江内侍さん。あとで判定してください」

「はい？」

「だって殿方との間になにかがあったときは、かならず相談しなさいっておっしゃっていたではありませんか」

言葉だけ聞けばまるで小うるさい乳母のようだが、確かに言いはした。無邪気で無手っ法なこの娘が妙な男の毒牙にかかったりしては、大和に住む彼女の両親に顔向けできない。

「縁起物だし、気にしないで全部いただいておきなさい」

「お返しは？」

「心配しなくてもいいわよ。男の禄は女の禄の倍あるのだから」

身もふたもない発言に、周りにいた女房達がいっせいに笑った。

「ちょっと江内侍ったら、人のことを心配している場合じゃないでしょう」

「そうよ。あなた今年で二十一でしょう」

「もう、藤侍従にしちゃいなさいよ」

気心の知れた女房達に悪意はないのだが、征礼が妥協相手のように言われることに多少気分を害した。

「私と彼はそんな関係では……」

むすっとして荇子が言ったとき、御簾の間から女嬬がひょいと顔を出した。

「江内侍さん、いらっしゃいますか？　お届け物があります」

どきりと胸が鳴った。

征礼だ。彼が、今年こそ荇子に薬玉を贈るのだと意気込んでいたことは卓子から聞いていた。なにも慌てることなどない。薬玉は家族や友人同士でも贈りあうものだから、そんなに身構えずに受け取ればよい。

女孺は丁寧に塗り重ねた漆地に蒔絵と螺鈿で花かつみを描いた手箱を抱えている。こんな豪華な箱を用意したのかと驚いた。

荇子は表情を取りつくろい、少々わざとらしい声音で尋ねた。

「まあ、どなたからかしら？」

「頭中将様です」

完全に抜け落ちていた名前に頭が真っ白になった。当代一と名高い貴公子の名に、周りの女房達がいっせいにどよめいた。日頃から親しくしている高命婦などは、ぐいっと距離を詰めて「どういうこと？」となんの遠慮もなく訊いてくる。

（こ、断ったのに⁉）

混乱する荇子の周りで、女房達は歓声やら悲鳴やらを上げる。もちろん好意的なものばかりではない。特に美貌で評判の按察使命婦など、親の仇でも見るような目で睨みつけてくる。この場に長橋局がいなかったのは本当に幸いだったのかもしれない。

「ち、ちがうの。女御様への和歌集のお礼にって……」

「ちょっと、江内侍はいる⁉」

今度は母屋側の襖障子が開いた。現れたのは弁内侍だった。薄色の唐衣に浅藍の表着はどちらも単で、色合いも伴って涼し気である。しかしその表情からはかなり焦りの色が見えた。

「なに、どうしたの？」

「急いで、剣璽使をしてちょうだい」

「え!? ど、どうして？」

「長橋局が急にアレになっちゃったのよ。ほら、あの人不規則じゃない」

言われてみればそうだった気もするが、いかんせん御所のように女が多い場所で他人の月の障りの周期など覚えていない。

どうであれ、血の穢れがある状態で剣璽に触れることはできない。

「はやく、帝はもうお発ちになるわ」

「わ、分かったわ」

荇子は立ち上がり、心配そうな顔をする卓子に「役目は御所の中だけだから、すぐ戻ってくる」と言った。女子の剣璽遣いの務めは、夜御殿から動かした剣璽を男子の剣璽使に引き渡すまでである。

夜御殿の安置所から、荇子は剣、弁の内侍は璽が入った箱をそれぞれ手にする。上質な綾錦で包まれた神聖なる品ではあるが、急な役目を仰せつかったことによる焦りばかりで緊張感はあまりない。

清涼殿の庭には、帝のための葱花輿がすでに待機していた。屋根の頂上に葱の花を模した飾りがついているのでこの名称がついている。

階の前に立つ帝の装束は、いつもの御引直衣ではなく麴塵の袍である。青色御袍とも呼ばれるくすんだ緑色の衣で、複雑な染色方法ゆえに光の受け方でその色合いを微妙に変化させる。

御冠には菖蒲鬘を飾り、手には御笏。御履物は御挿鞋。

肌に粘着くような皐月の蒸し暑い空気の中、一人だけちがう世界で生きている人のように涼しい顔で階を降りてゆく。

荇子と弁内侍は左右に分かれ、剣璽をささげて付き従った。輿の両脇には、男子側の剣璽使が控えている。おおむねその役は近衛次将が掌ることになっている――。

（え!?）

そのときになって、荇子ははじめて気がついた。近衛次将とは、すなわち近衛中将のことであることを。

あらためて顔を上げたあと、正面に立つ直嗣の姿にどういったものか軽く混乱する。黒橡の闕腋袍の袍に緌のついた巻纓の冠という武官装束は、通常であれば惚れ惚れするほど秀麗な姿だが、いまの荇子にそんな余裕はなかった。

帝が従者の手を借りて、輿に上がる。その所作で荇子は現実を取り戻す。かける言葉などどうでもよい。ともかくこの場では剣を渡さねばならない。荇子は綾錦でくるまれた箱を直嗣に差しだした。

「気に入ったか？」

周りに気取られぬような小声でささやかれ、荇子は目を見開く。直嗣の瞳の奥に、得意げな色が浮かぶ。まだ箱を開けていないとは言えそうもない雰囲気だった。

「け、けっこうな物を賜りまして……」

「そうだろう。藤侍従にはあそこまでの物は用意できまい」

鼻高々の物言いに、ふわふわとしていた気持ちが一瞬にして固まった。

なんだ、そんな理由だったのか。短い間とはいえ、思い煩って損をした。

ようするに征礼への嫉妬から、荇子にちょっかいを出そうとしただけなのだ。状況からして好意を持たれたとは最初から思っていない。だから失望はしていないが、持って生まれただけの裕福さで人の優位に立とうとする傲慢さには反吐が出る。

柱か石でも見るような荇子の無機質な視線に、さすがに直嗣もなにか察したらしい。彼は怪訝な顔をするが、剣を渡した荇子はこれで義務は果たしたとばかりに一歩後退して帝が乗った葱花輿にと視線を動かす。

十二人の駕輿丁（担ぎ手）が、ゆっくりと動きを揃えて立ち上がる。肩で担ぐ輦輿は帝と皇后、斎王にしか許されない特別な乗り物だ。そうなったら直嗣も付き従わないわけにはいかない。彼はなにか言いたそうな顔をしていたが、荇子は完全に気付かないふりをして遠ざかってゆく輿だけを見送った。

帝の拝送を済ませたあと、台盤所に戻った荇子のもとに卓子がかけよってきた。

「藤侍従さんが騎射の射手をするって言っています」

「なんですって」

征礼は普通に乗馬はできるが、騎射ができるほどの手練れではない。

「どうしてそんな危ないことを」

「藤壺の前で、いま大夫と話しているわよ」

命婦の誰かが教えてくれた情報に、荇子は踵を返そうとする。すると別の命婦が「ちょっと、頭中将からの薬玉をそのままにしているわよ」と呼び止めた。

「そんなもの、そこに置いておいて」

いかに望んでいない贈り物とはいえ、人から物をもらった大人としていかがなものかと思える発言である。しかし荇子にあれこれとりつくろう余裕はまったくなかった。あ然とする同僚達を尻目に簀子に飛び出す。そのまま藤壺にと歩を進めると、後ろから卓子が追いかけてきた。

「なんでも手配していたはずの射手が、今日になって急に来られなくなったそうです」

背中越しの卓子の説明に、そういえばそんな話を聞いていたと思いだした。有任との誼で中宮の為に手練れの射手を探し、先日ようやっと手配できたのだと。

「まさかとは思うけど、それで責任を感じて自分が名乗りを上げたとか、そんな馬鹿な話じゃないわよね」

藤壺の南庭に入った渡殿の先に、征礼と有任が向きあって立っていた。高欄を挟んだ左手には青々とした葉と重たげな豆果をたわわに実らせた藤棚が見える。

「すみません、かようなことになるとは……」

征礼は深々と頭を下げた。

「かくなる上は、私が御役目をお引き受けいたします」

そんな馬鹿な話だった。荇子は表着と五つ衣の裾を蹴散らすようにして、二人の間近に歩み寄った。

「この、大虚け者が！」

遠慮も前触れもなく、荇子は怒鳴りつけた。自身が記憶しているかぎり、八年の宮仕えの中で一番大きな声を出したと思う。なんたって油虫（ゴキブリ）を前にして周りが悲鳴を上げて逃げ惑う中、荇子は声もあげずにそのあたりの草鞋を投げつけて仕留めることができるのだから。

とつぜんのことに征礼はもちろん、有任も驚いて荇子を見ている。二人の冠には菖蒲の鬘がついていた。

「手練れでもないあなたが引き受けたところで、悲惨な結果に終わって中宮様が恥をかくだけよ。それだけならともかく、怪我でもしてごらんなさい。後味が悪くてご不快にさせるだけだわ」

なだめるという言葉をひとつも知らない人のように、荇子は一気にまくしたてた。最初はあ然としていた有任も、いつのまにかうんうんとうなずきはじめている。どうやら全面同意のようだ。

言い方はともかく正論に、征礼はしょんぼりと肩を落とす。そうして僅かながらでも抵抗を試みるように、ぽつりとつぶやいた。

「だけど、このままではあんまりだと……」

「いや、そなたのせいではない。責任を感じる必要はない」

有任が言うと、征礼は不満な面持ちで首を横に振った。

「そうではありません。腹立たしいのは、平志が断った理由なのです」

文脈から判断するに、平志というのは征礼が依頼をした武官であろう。志というのは衛門府と兵衛府の役職名で、四等官の第四位にあたる。平志というのは平家出身の志に対する呼び方である。

「体調不良ではなかったのか？」

「いえ。昨日はそう言っておりましたが、少し調べてみると弘徽殿側の射手として参加をすることが判明いたしました」

さすがに有任も顔を強張らせた。

「ひどい、なんですかそれっ！」

卓子が声をあげた。

「周りから聞いた話では、弘徽殿の射手が急に出られなくなり頭中将から懇願されていたということです」

憤然として征礼は言う。随分と厚顔無恥なやり方である。しかも正直に理由を言う度胸もない。騎射の現場に行けばすぐにばれるのに、体調不良などと見え透いた言い訳をするなど見苦しいにもほどがある。

「さようか……」

有任は苦々しい表情を浮かべ、あらためて征礼を見た。

「だとしても、不慣れなそなたが代わりを務めるなど非現実的過ぎる。まして怪我でもされた暁(あかつき)には、私も中宮様も寝覚めが悪すぎる」

言葉はだいぶん選んでいたが、有任の言い分はおおよそ荇子と同じだった。

とはいえ心強く思う余裕はなく、それよりも平志を誘ったのが直嗣だという事実に衝撃を受けていた。

(それって、征礼への嫌がらせ？)

この陰湿な行為は姉・弘徽殿女御の目の上のたんこぶである中宮にではなく、帝の側近である征礼へを対象としているのではないか。

——藤侍従にはあそこまでの物は用意できまい。

先ほど直嗣からかけられたばかりの言葉を思いだし、荇子は眉(まゆ)をひそめる。

帝が自身の配下の者に心を許さないのは、親王並びに東宮時代に彼らから受けた冷遇が原因だ。その頃の直嗣は元服(げんぷく)前だから、彼が具体的な無礼を働いたということではないだろう。

それでも十八歳で頭中将という要職にある、家柄の恩恵を思いっきり受けている者に父親とは切り離した対応をしろというのは無茶な話だ。しかも誠実さと忠義で帝の心をつかんでいる征礼に嫌がらせをするなどお門違いも甚(はなは)だしい。

「私とて、自分が騎射をうまくこなせるほどの手練れだとは思っておりません」

征礼は言った。

「さりなれど私が強行することで平志、ひいては頭中将の驕慢(きょうまん)ぶりを世に訴えることができます」

脇から苻子は怒鳴りつけた。

「馬鹿じゃないの。そんな不確実なことのために、わざわざ大怪我するつもりなの⁉」

「なんで大怪我することが前提なんだよ！」

「するに決まっているじゃない。騎射って馬に乗るのよ！　歩射とはちがうのよ。だいたい子供の頃は、かけっこも木登りも私に置いていかれていたくせに、なにをいっぱしの騎手ぶっているのよ」

「駆け足や木登りと、乗馬の上手(うま)い下手(へた)は関係ないだろ。それにあの頃のお前は大和育ちで慣れていたけど、俺はこれでも都からきたばっかりで山遊びなんてしたことがなかったんだから」

至近距離で激しく口論しあう妙齢の男女に、成す術もなくしばらく立ち尽くしていた有任だったが、我に返ったのかようやく止めに入る。

「理由はどうあれ、帝の近侍であるそなたにさような危険な真似はさせられぬ。こたびの件はあくまでも藤壺の問題で、そなたは善意から動いてくれたのだから、自責の必要はない」

切々と諭す有任の姿に、これは御所の女達が騒ぐのはとうぜんだと荇子は思った。

高貴な生まれと秀麗な容貌を持ちながら、零落した中宮を一心に支えつづける不器用とも言える誠実さは、間違いなく女人達の心をくすぐる。当代一の貴公子と言われる直嗣の薄っぺらさを見た直後だけに、なおさら有任の人としての厚みが胸に沁みる。これぞまさしく、大人の男の魅力である。

「ゆえに騎射は、そなたよりも私が請け負うほうが筋であろう。名人ではないが心得はある。それに怪我をしても、私であれば中宮職内のことで終わる」

「馬鹿なことをおっしゃらないで」

凜と響く声とともに、有任の肩越しに姿を見せたのは如子だった。

蝙蝠をかざしていても分かる臈長けた麗姿。亀甲唐花地紋の白地に、紫の糸で蝶丸を織り出した二陪織物の豪華な唐衣が、威に満ちた佇まいをより際立たせている。いったん見惚れたあと、そういえば今日は珍しく唐衣をつけている、などと見当違いのことを荇子は思った。

さらさらと衣擦れをたてて、如子は近づいてきた。

「内府の君……」

「わ、内府の君様！」

困惑気味の征礼と有任の声に、歓喜する卓子の声が重なった。

如子は卓子を一瞥し、扇の上から見える目を彼女にしては愛想よく和らげた。卓子は桃色の頬をさらに上気させた。

そのあと有任にむけられた如子の目は、もう和んでいなかった。

「大夫殿に万が一のことがあれば中宮……いえ、藤壺は身を保つことができません」

中宮と言いかけたあと、敢えて藤壺と言い直したのは如子の誠意だったのだろうか。有任の献身には、中宮本人のみならず藤壺の者全員が感謝をしているという意思表示だったのかもしれない。

ともかく如子の佇まいからは、有任を止めようとする強烈な圧がにじみでていた。

「ゆえに怪我などなされては困ります。それぐらいでしたら棄権を致しましょう。くだらぬ挑発など無視をするにかぎります」

「ほんとう、そうよ！」

有任にではなく、征礼に対して荇子は言った。いくら興奮していても、さすがに有任に対してこんな言葉遣いでは話さない。

「冷静に考えてみなさい。このことが明るみに出て、そりゃあ藤壺の方々は多少肩身の狭い思いはなさるかもしれないけれど、自分達の悪辣さを周りに知らしめた頭中将と平志のほうが、先のことを考えればよほど損をしているわよ」

「やっぱりあなたは良いことをおっしゃるわね。江内侍」

高らかな声で如子が言った。扇の上から向けられる眼差しは親し気というより誇らし気に見える。黒瑪瑙のように麗しい瞳と視線をあわせ、一瞬ひるんだあと荇子は思った。

——ひょっとして、私。この人に好かれているの？

心当たりは多少あるが、もしそうなら今後はもっと身構えずに話せそうだ。もっともむこうが圧倒的に身分は高いし、ひとたび機嫌を損ねるとえらいことになりそうな相手だから気は抜けないけれど。

「いや、だけど……」

征礼が気圧されがちに、それでもなにか反論しようとしたときだ。

「ちょっとコツをつかめれば、そんな難しいものではないんですけどね」

張り詰めた空気をまったく読まない呑気な声音は、卓子のものだった。四人の男女の視線がいっせいに向く。

「どういうこと？」

如子が問うた。

「騎射ですよ。私、何度もしたことがあるから分かるんです」

なんでもないことのようにさらりと告げられた一言に、荇子は驚きを隠せなかった。

確かに去年まで大和の田舎で暮らしていた卓子であれば、馬を走らせるぐらいのお転婆はしていてもおかしくない。そもそも馬を走らせるだけなら荇子だってできる。

けれど、なにを好んで騎射などしようと思ったのか。しかも何度もとは。

そのあたりの経緯が皆目見当もつかない。いずれにしろ卓子が騎射の名手だったとしても、女子ではどうにもならない。

せめて数日前にでも分かっていたのなら、他に手配のしようもあったろうにと肩を落とした荇子の前を、如子がすっと過った。彼女は卓子にぐいっと詰め寄り、可憐なその立ち姿を上から下まで見つめた。

「ちょっと頼みがあるのだけれど」

そう如子が言ったとき、荇子は即座に彼女の考えていることが分かった。

「ちょ、それは――」

「いいですよ。私、内府の君の頼みなら大概のことはお聞きします」

顔を上気させて卓子は答えた。


競技のための武徳殿の庭には、幄舎（あくしゃ）が設えられ、中では観客達が胡床（あぐら）に座っている。三方を帳（とばり）で囲んだ女人用の幄舎も準備されており、壺装束（つぼしょうぞく）姿の荇子と如子は、二人並んで競技を見守っていた。ちなみに帝や側近達は、武徳殿の御簾（みす）の向こうで競技を眺めている。

種目は競馬と騎射。どちらも六衛府の武官が左右に分かれて勝敗を競うことが例年なのだが、今年にかぎってこんなことになってしまった。まったく気紛（きまぐ）れもたいがいにして欲しいものだ。

「弘徽殿の方が言い出したからって、うかうかと乗ってしまったこっちが愚かなのだけどね」

荇子はなにも言っていないのに、扇を揺らしながら如子がぼそっとつぶやいた。身（み）も蓋（ふた）

もない憎まれ口を叩きながら、中宮の面子を保つためにあんなことを提案し、かつ実行してしまった如子の真意が荇子には分からなかった。

「はじまるわ」

如子が指さした先では、ちょうど騎手達が参上してきたところだった。騎乗して冠に菖蒲鬘を着けた彼らのほとんどが、緑衫や深縹の下位の色をつけた下級武官であった。

「ねえ、知っている？　中宮様が献上なされた騎射は、まだ元服前の少年なんですって」

「大丈夫なの？　そんな子供が騎射などに参加をして」

「怪我でもされたら不吉よね」

少し離れた場所で話をしているのは、女房ではなく女孺達だった。

藤壺側として参加できなくなった平志に代わり、急遽別の者を参加させたい。その旨を上卿（この場合は行事や儀式における責任者となる公卿）に伝えたとき、彼が目を円くしていたと有任から聞いた。こんな直前で裏切られたのだから、どうしようもなくなって絶対に辞退をしてくると思っていたようだ。

控え場に集った騎射達の中、后妃達が献上した三人が前に出てくる。

麗景殿が献上した射手は、随身のような褐衣に緌のついた冠をつけていた。大納言家の家人だから本来であればこのような官人の装束は着用しないのだが、そこは威儀を正すためである。

恥知らずにも弘徽殿の代表として出てきた平志は、緑衫の袍にこちらもまた綾のついた冠姿。二人とも見るからに武芸に長けていそうな、恰幅の良い偉丈夫であった。

しかし人々の注目は、彼らに挟まれた、青駒に乗った若武者に集中した。

それは武者と言うにはあまりにも可憐な姿だった。

艶のある黒髪をみずらに結い、侍烏帽子には赤の組み紐を通して顎の下で結ぶ。

若木のようにしなやかで細い身体を包むのは、桃色の水干と深縹色の指貫。

目の覚めるような美少年の正体は、男装した卓子である。

化粧を落としているうえに、観覧席からはほどよい距離がある。なによりまさかの思いからか、誰も気付いていない。卓子の間近にいる射手達は、もともとの面識がないから心配はない。

「まあ、これは惚れ惚れするような美少年ぶりね」

感心したように如子は言った。自分が仕立て上げたくせに、まるで他人の作品を称賛するような物言いだった。

男装した卓子に射手を任せる。この大胆な提案を聞いた有任と征礼は、さすがにひるんでいた。しかし当の卓子がこの計画を面白がり、久しぶりに馬に乗れるとはしゃいでいたのでそのまま実行されてしまったのだ。ちなみに最後まで首を捻りつつも、男装した卓子に付き従っているのは有任だった。征礼は武徳殿に駆けつけて帝の傍に控えていなければならなかった。

おそらくだが同じように控えている直嗣に、どのように対峙しているのかが知りたいところである。身分の上では面とむかって抗議できなくとも、軽蔑の眼差しを向けることぐらいはできるだろう。

(あとで聞いておかなきゃ)

そんなことを考えているうちに、第一射手の平志の名が呼び上げられた。

「参る!」

あんな卑劣な真似をした人間とは思えぬ凜々しい声をあげ、平志は馬を走らせた。南北に通った馬場を駆け抜けながら、的の少し手前で矢を番えて放つ。風を切って飛んだ矢は的の外枠に突き刺さった。おおっ! とどよめきの声が上がる。次いで放たれた二矢目は外した。的の端をかすったが、そのまま後方に飛んでいった。あ〜っと残念そうな声が上がる。

第二射手は麗景殿の家人だった。さすが自薦しただけあって、二矢とも的中させた。平志のときよりも、さらに大きな歓声があがった。

そしてついに卓子の番。

「源次郎」

それが卓子につけられた仮の名であった。

「参る！」

声変わりもしていない、あどけない少年武者。観客はそう思っただろう。黒々としたみずらを揺らがせて馬を疾走させる。競馬かと疑うほどの速さに荇子はひやひやする。途中で手を離し、矢を射らなければならぬというのにあの速さで駆けて大丈夫なのか。

両腿に力を込めて、足と体幹の力で馬上で姿勢を保持する。六尺はありそうな大弓をくるりと回転させて構えると、背の胡籙に手を回す。流れるように洗練された所作から放たれた矢は、ひゅんと音をたてて的の中央に深々と突き刺さった。

「おお！」

これまでにない程の大きなどよめきが上がる。

二矢目は的の端をかすめはしたが、残念ながら刺さらなかった。

「あ〜、惜しい」

後ろのほうで誰かが声をあげた。先ほどちらりと見たが、若い女嬬達が数人で固まっていた。

「もう少しだったのに」

「でもあの若さで、主上の前でよくあそこまで堂々と振る舞ったわよ」

「源氏姓というのなら、大夫様に縁があるのかしら」

「遠目だけど、とても美しい方のようね」

「どうしよう。今宵夢に見てしまいそう」

「私、思い切ってお声をかけてみようかしら」

「ちょ、大胆ね」


どこまで本気なのか、女嬬達はしきりに黄色い声をあげている。当代一の貴公子は直嗣だが、彼は身分が高すぎて彼女達には恋の対象にならない。現実に手が届きそうな美麗な若武者の登場に色めき立つのはとうぜんだろう。

その無邪気さから、女嬬はもちろん下司や端女とも親しくしている卓子であるが、幸いにして彼女だと気づいた者はいないようだった。

一連の競技を終えた三人の射手は、儀礼に従った所作で退場していった。人々は拍手で彼らを見送る。成績は麗景殿の射手が一番だったが、話題の中心が源次郎であったことは言うまでもなかった。

「上等ね」

つぶやきに隣を見ると、如子がほくそえんでいた。

「これで中宮様の体面も保てるでしょう」

隣にいる荇子を意識していない、言い換えれば本心としか思えない口ぶりを荇子は訝しく思った。

経緯を考えれば、如子が中宮を恨んでいても不思議ではない。しかしこれまでの彼女の言動には、必ずしもそうではないのかと思わせるものが度々あった。かといって藤壺の同僚相手に吐いた厳しい指摘を考えると、忠義を尽くしているとも思えない。

いったいどういう気持ちなのか？　自分が知らなくてもいいことだと承知の上で、やはり気になってついに荇子は探りを入れてみた。

「——内府の君は、中宮様をわが主としてお仕えなのですね」

「そりゃあ、禄をいただいているのだから」

即答だった。

「貰うものを貰っているのだから、やることはやるわよ」

しげしげと自分を眺める荇子に、如子はつまらなそうな顔で答える。

なるほど、よくわかった。

しばしの見つめ合いのあと、荇子は小さく噴き出した。如子は頬を赤くして、少しムキになったように言った。

「なに？」

「いえ、すごく分かります」

あっさりと肯定した苻子に、如子は拍子抜けした顔をする。なにを言っているんだこいつは、とばかりに訝し気な顔をしたあと、いつまでも笑いつづける苻子に、ぷいっとそっぽをむいた。その横顔がいっそう赤くなっているのを見て、苻子はもしかしたら自分もこの人を好きなのかもしれないと思った。

武徳殿での節会（せちえ）がまだ催されている中、苻子と卓子は藤壺の南廂（みなみびさし）にいた。近頃はこの付近で起きた騒動に頻繁（ひんぱん）に巻きこまれていたが、中に入ったのは数年ぶりな気がする。仏具を届けたときも、結局は有任に任せたので中には入らなかった。

室内に立ちこめる空薫物（そらだきもの）は、蓮（はす）の香りに似せたとされる荷葉（かよう）だった。

御簾を上げた母屋（もや）の奥には昼御座（ひるのおまし）が設えられている。

様式は基本通り。繧繝縁（うんげんべり）の畳（たたみ）を二枚並べ、その上に敷物を重ねる。奥には月次絵（つきなみえ）を描いた六曲一対の屏風（びょうぶ）。その左手奥には御帳台（みちょうだい）が備えられていた。

やがて奥の襖障子が開き、小袿姿の佳人が姿を見せた。

公の場で小袿を着ることができるのは、女主人のみ。

藤壺の主たる中宮の高雅な美貌は、かねてより内裏女房の間でも評判だった。

自らの昼御座に腰を下ろした女主人の装いは、今日の日にふさわしい菖蒲かさね。二藍に唐花唐草の地紋、飛鶴の上紋を折りだした二陪織物。裏にあわせた萌黄の絹が於女里仕立ての袖口や裾を彩っている。

ほぼ数か月ぶりに見るその姿は、思ったよりもやつれてはいなかった。しかし表情はどこか虚ろで、臥せがちだという噂の信憑性を証明しているかのようだった。

「中宮様。こちらの女房が本日の射手を務めた、女蔵人の乙橘です」

そう紹介をしたのは、荇子達より少し母屋寄りに座っていた如子だった。

卓子の騎射が終わったあと、荇子は内裏で如子と別れた。ほどなくして卓子が戻ってきたという話を聞いて慰労を伝えに行くと、ちょうどやって来た如子と鉢合わせた。中宮が卓子に礼を言いたいというので呼びにきたのだという。その話を聞いた卓子はもったいないことだと謙遜したうえで「一人では緊張するので江内侍さんもついてきてください」とのたまったのだ。

なにをらしくもないとは思ったが、さすがに中宮が相手となるといつものようにはいかないだろう。長いこと臥(ふ)せっていて精神的に不安定という噂も、警戒に拍車をかけたのかもしれない。それに宮仕えをはじめてまだ日が浅い卓子は、中宮の姿を一度も目にしていない。そこにいきなり一人で行かせるのは確かに酷(こく)やもしれぬ。

同行の可否を如子に訊くと、彼女はあっさり承知した。そのうえで和歌集の制作にかかわったことは口にしないように釘を刺された。当然であろう。あの話題が中宮にとって愉快なはずがない。名乗る必要があればばれてしまうかもしれないが、自らそれを言う必要はない。

そのような経緯で、いま三人揃って藤壺の南廂にいる。

如子の紹介を受けて低頭する卓子を、中宮は一瞥(いちべつ)した。

「そう、ご苦労だったわね」

抑揚(よくよう)に乏(とぼ)しい声音(こわね)は、聞きようによっては高貴な立場故とも受け取れる。実際に卓子はそう思っているようで、不審な顔もせずに恐縮しているだけだった。

しかし子を失う前、いや入内したばかりの女御の頃から彼女を知っている苻子からすれば、その変化は歴然としていた。

二十四歳という比較的年長で入内(じゅだい)をした中宮は、二十歳(はたち)の弘徽殿女御のように朗(ほが)らかで人好きのする性質(たち)ではなかったが、聡明で立場にふさわしい貫禄(かんろく)と威厳を持った女人であった。弘徽殿女御が春風の中に花開く清艶な八重咲きの桃花なら、藤壺中宮は凍雲の下でも凛として咲く寒椿だった。

だというのに——。

ほんの数年前のことだったのに、いまは別人のように覇気のない顔をしている。こうなっては卓子に礼を言うことが、本当に中宮の考えだったのか怪しいものだ。卓子に恩義を感じた有任か如子の説得があったのではと勘ぐってしまう。

あんのじょう中宮は、それ以上なにか言おうともしない。ご苦労だったわね以上の慰労の言葉も出てこない。わざわざ呼び出しておいて、これはあんまりである。

「こちらは中宮様から下賜品です。どうぞお納めなさい」

まるで見兼ねたように、中宮の傍らに控えていた女房が口を挟む。居場所や装束からして、おそらく上臈だと思われる。彼女の命に従い、百合かさねの細長を着た女児が御衣櫃を抱えてやってきた。中に入っていたものは若菜色の袿だった。

中宮ではなく、上臈がつづける。

「藤壺に仕える者でもないのに、身の危険を冒してまで尽力をしてくれたこと、まことにありがたく思いますよ」

「そんなこと、気になさらないでください」

卓子は顔を上げた。

「久しぶりに騎射ができて楽しかったです。それに江内侍さんと藤侍従さんが困っておられたので。特に江内侍さんには日頃からとてもお世話になっているので少しでも手助けができたらと思っただけです」

冷静に聞けば、少々無礼な言い分だった。

藤壺のためではなく、荇子と征礼のためにやったと言っているのだから。確かにあのとき、射手を務めるか否(いな)かで荇子と征礼はまあまあの言い争いをしていたけれど。

しかしこんなことを言われれば、悪い気はしない。荇子の中で卓子に対する親愛の情がいや増したことは言うまでもなかった。

「江内侍というのは、その者ですか?」

そう問うた女房の声音に険(けん)を感じて、荇子は少し焦った。藤壺の者達が、和歌集の件で誰に怒りを覚えているかと言えば間違いなく帝だろうが、さりとて荇子になんの感情も持たぬはずもない。だから自分からは名乗りを上げなかったのだが、そこでこんな迂闊(うかつ)な発言をするのが卓子らしいと言うべきか。

荇子は身を固くして、皮肉や嫌みの一つや二つが降りかかってくることに備えた。

しかしその女房は気まずげに「そう、あなたが……」とつぶやいただけだった。予想に反した態度に荇子はきょとんとする。見ると母屋にいる他の女房達も気まずげに視線をそらしている。

（主上の命を受けただけだと、割り切ってくださっているの？）

だとしたら安心なのだが……そんなことを考えていた荇子だったが、ふとあることを思いつく。

――黄蘗（きはだ）の唐紙（からかみ）。

無残に汚されたあの唐紙は、如子の手腕により表沙汰（おもてざた）にはならなかった。

紙を汚した犯人はさぞ訝しみ、かつ不気味な心地でいるだろう。しかもこの件にかんして如子はかかわりを秘しているから、公に携（たずさ）わったとされているのは荇子だけなのだ。

もしも唐紙を汚したのが藤壺の者だとしたら、荇子の態度はさぞ不気味であろう。

荇子はできるだけ表情を殺し、視線だけで回りの様子をうかがった。女房達にそれ以上なにか言う気配はない。

しからば中宮は、と目をむける。

彼女は相変わらず無表情のまま、おざなりに卓子に礼を繰り返した。

疑念を抱えながら疲れきって局に戻ると、弁内侍が訪ねてきた。

彼女は苻子が台盤所に放り出してきた直嗣からの薬玉を届けにきてくれたのだった。はっきり言って、いまのいままで完全に失念していた。

「正直に言うけど、あの場にいた女房達が全員、箱を開けて見ていたわよ」

弁内侍は苻子よりひとつ年上の二十二歳。しかし内裏女房としての経歴は苻子のほうが二年先輩になる。そんな入り組んだ関係から相殺ということにして、敬語を使わずに話しあえる昵懇の関係だった。

「別にいいわよ。減るものじゃなし」

「明日から覚悟しておきなさいよ。按察使命婦と伊予命婦の二人なんて、あのあとずっと歯軋りをしていたらしいわよ」

他人事だとばかりに面白おかしそうに語る弁内侍には、三年のつきあいになる恋人がいる。按察使と伊予は、内裏女房の中でも評判の美人である。もっとも如子の圧倒的な美貌を頻繁に目にするようになった苻子の目には、なんとも霞んで見えるようにはなっていたのだが。

「ああ、もう面倒くさいなあ……」

「それよりも、蓋ぐらい開けてあげたら」

頭を抱えこむ荇子に、箱を指さしながら弁内侍は言う。

「いい、開けたら不吉なことが起きそうな気がする」

「なにを馬鹿なことを言っているのよ」

そのとき、御簾のむこうから聞き慣れぬ声がした。

「すいませーん。江内侍さまの局ってここですか？」

あまり躾けられているとも思えぬ子供の声だった。それで荇子は顔を隠しもせず、手を伸ばして御簾をずらした。簀子を挟んだ高欄のむこうにいたのは、丈の短い小袖を着た男童だった。年のころは六、七歳というところか。比較的清潔にしていたが、粗末な服装はどう見ても僕や端女の子供である。

はて、覚えがない顔だと首を傾げたが、子供相手なので一応声を和らげる。

「私が江内侍だけど、あなたは？」

「おいら、岩魚って言います」

どこかで聞いたことのある名だと考えたあと、以前に卓子が話題にしていた僕の子供だと思いだした。藤壺の床下から雀の骸を見つけた男童だ。

「藤侍従さまから頼まれて、これを持ってきました」

簀子にいざりでてきた荇子に岩魚が高欄の柱間から差しだしたものは、平箱に入った薬玉だった。

荇子は箱を受け取り、しげしげと見つめる。

菖蒲（しょうぶ）や蓬（よもぎ）を丁寧（ていねい）に編み、形良く仕上げた拳二つぶんぐらいの大きさの玉に、紫と白の紙で作った花かつみと夏椿（なつつばき）の造花が形よく配されている。下部には青々と肉厚な菖蒲の葉と五色の色糸が垂らしてあった。

豪華ではないけれど、すごく趣味が良い。

もちろん他の人がどう思うかなど分からないが、荇子が好きな飾り方だ。

顔を近づけけると、菖蒲の爽（さわ）やかな香気が鼻を抜ける。ごてごてと豪華に飾り立ててしまっては薬草の香りが楽しめない。以前だったか征礼にそう話したことがある。ならば彼はそれを覚えていてくれたのだろうか。

これはまちがいなく、征礼が選んだものだ。

しばし感じ入っていた荇子だったが、自分をじっと見上げる岩魚の視線に気づく。このままでは岩魚も帰るに帰れない。

「ご苦労だったわね。ちょっと待っていて」

いったん局に引き返して、先日征礼からもらった干し棗（なつめ）を少し布に包んだ。何事かという顔をする弁内侍を適当にかわして、再び簀子に出る。

「これ、お礼よ。藤侍従にとても気に入ったと伝えておいて」

包みをもらった岩魚は顔を輝かせた。素直で可愛らしい男児だと思った。

卓子の話では親子三代に渡って御所に仕えているということだったが、どうりで場慣れしているはずだ。征礼にはもちろん自身の従者がいるだろうが、岩魚が御所の下働きであればなにか用事を頼んでも差支えはない。

「ありがとう、江内侍さま」

「お父さまのお手伝いをして、いい子にしていたらまたあげるわよ」

「してるよ。前にも父ちゃんと一緒に、宮様を内裏から魂殿にはこんだよ」

無邪気に告げられた不穏な単語にどきりとした。

魂殿とは殯宮のことである。貴人は亡くなった場合、すぐに本葬せずに遺体をしばし仮置く習慣がある。これを〝殯〟と呼ぶ。殯宮、魂殿とはその場所のことだ。

直近の出来事から最初は姫宮のことかと思ったが、遺骸が内裏から殯宮に運ばれることは通常ではありえない。それに姫宮が亡くなる少し前に元の住まいに移されたことは、荇子も記憶している。

岩魚が言っているのは、中宮が産んだ若宮のことである。若宮は中宮の実家でもある里内裏で生まれている。そういえば岩魚父子は、中宮の里帰りにも付き添っていたと卓子が話していた。功労を語るにしては少々縁起の悪い話だが、それだけ子供にとって印象が強い出来事だったのだろう。

（そうよね。御所にいるかぎり、魂殿に行くなんてそうないものね）

御所で死ぬことが許されるのは帝のみである。

先帝崩御のとき、岩魚は一つか二つだ。とうていなにも覚えていないだろう。里内裏からとはいえ、殯宮に棺を運ぶのは子供心にもよほど衝撃的な仕事だったのだろう。

岩魚を見送ったあと、荇子は平箱を抱えて局に戻った。

なにもかも聞いていたというような顔で、弁内侍が待ち構えていた。

「どうでしょう、そのにやけ顔」

「な……」

「御気の毒に。頭中将の薬玉は蓋を開けてももらっていないのに」

「だから、頭中将はそんなんじゃないんだって！」

少しばかりむきになって、荇子は反論した。

あげく不貞腐れつつ、直嗣が自分に薬玉を贈るにいたった経緯について話した。

「まあ、頭中将も困ったものね」

苦笑交じりに弁内侍は言った。さすが長年のつきあいを経た親友である。十八歳の若者の、傲慢と紙一重の青臭さに辟易する荇子の気持ちを、すぐに理解してくれた。

「その調子だと、藤侍従もいろいろとからまれているかもね」

弁内侍の言葉に、なるほどそれはありうるやもしれぬと思った。ならば薬玉の礼を言うときにさらりと訊いてみよう。大丈夫、なにか困っていない？　とでも。


亥の刻の少し前、荇子は夜御殿の設えを整えていた。

清涼殿母屋の北側に位置するこの室の造りは、四面に壁と妻戸を持つ塗籠である。

帝の寝所であり、剣璽を安置する場所でもあるこの空間は、神鏡を収める賢所と並ぶ神聖な場所だった。

常であれば帝はここで就寝するのだが、后妃を呼ぶ、つまり夜伽を行う場合は北隣の上御局に移動することになっている。神聖な剣璽がある場所で夫婦の睦言を交わすのは憚りがあるというのが理由である。

今宵は弘徽殿女御が召されている。あと半刻もすれば上御局に入るだろう。しかし帝が妃を待つ場所は夜御殿である。

茵を整え、灯の油を確認する。揺らめく炎が大宋屛風に描かれた打毬をする人達の姿を幽玄に浮かび上がらせている。

一連の作業を終えてから、苻子は夜御殿をざっと見回した。問題はなさそうだ。くるりと踵を返して、いったん外に出ようとしたときだった。

どこからか、うめき声ともすすり泣きともつかぬ低い声が聞こえてきた。

苻子はびくりと身を震わせる。昼間でも驚くことなのに、こんな時間に不気味なことこの上ない。

聞かないふりをして逃げてしまいたいが、いまから帝がおいでになる場にそのような不穏な事態が起きたことを、内裏女房として素知らぬ顔はできない。胸をぐっと押さえて気持ちを落ちつかせると、耳を澄まして声の出どころを探る。

切れ切れの声は西側から聞こえてきていた。妻戸を隔てた先にあるのは二間。観世音菩薩が安置された、護持僧が夜居を務める場所である。

なんだ、読経の声かと一瞬納得した後で、しかし今宵は女御が上がることになっているから、まだ僧は参上していないのではと思い直す。

ひやりとしたものが背筋を走る。一度安心しただけにかえって恐怖が増す。こんなことならいっそ僧侶だと思い込んだままにしておけばよかった。なまじ気付いてしまったから確認をしなければならなくなった。

一度深呼吸をして、妻戸に手をあてる。ゆっくりと押し開くと、細やかな細工の観世音菩薩の光背が見えた。須弥壇とむきあうように僧侶の席があるはずだった。いっそう鮮明になった声はうめきではなく嗚咽だった。さらに妻戸を押すと、視界が少し広がった。そして光背の端から見えたものに、荇子は言葉を失った。

帝だった。

袍を脱ぎ、単に紅の長袴というしどけない姿で前のめりに座りこんでいる。そのため顔はよく見えないが、体形ですぐに分かった。それに紅の長袴を穿く男性は、この世で帝だけである。

肩が小刻みに震えている。先ほどから聞こえていた嗚咽は帝のものであった。

荇子はぼう然とその場で立ちすくんだ。

見ない方がいい。いや見てはいけない。大人の、しかも男性が人知れず泣く姿を、いくら偶然とはいえ盗み見などしてよいはずがない。

音を立てないようにして妻戸を閉めかけたときだった。

「と……うこ……」

嗚咽しながらもしぼりだされたその名に、荇子はぎょっとして手を止める。帝は蘇芳色の衣を胸に抱きしめていた。

ものすごい勢いで、鼓動が早打ちをはじめる。

荇子は息を止めたまま、とにかく音を立てないようにして妻戸を閉めた。

どうしてよいのか分からないまま、ともかくこの状況から逃げ出したい一心で南側の妻戸を開く。明かりが消えて視界が利かない暗い母屋に、白い御帳台だけがぼんやりと浮かび上がって見える。

荇子はふたたび胸を押さえた。いっこうに鼓動が静まらない。

帝が口にした、とうことという名前だけは知っている。

薫子。五年前に亡くなった、室町御息所の名だ。

先日夭折した姫宮の実母で、冷遇されていた東宮時代の唯一の妃。

そういうことなのか?

三人の妃を得て、その中でも弘徽殿女御などは特に寵愛されていて、そう誰もが思っていたのに、亡き妻の名を呼びながら身もだえしてむせび泣いていた。もう間もなく隣の上御局に、妃の一人が参上するというのに——。

荇子は両手で顔をおおった。

悲痛さと悍ましさ、憐憫や怒りなどさまざまな感情が一時にこみあげて、どう処理をしてよいのか分からない。

「……おい」

聞き覚えのある声に顔をあげると、すぐそばに紙燭を持った征礼が立っていた。

いきなり現実に引き戻され、荇子は驚きのあまり一歩後退る。

「な、なに？」

「お前、見ただろ」

問いというより確認だった。

荇子は虚を衝かれたような顔をする。それが事実上の肯定となった。征礼は大きく肩を落とした。

「まあ、見られたのがお前でよかったよ」

「誰にも言うなってことね」

とうぜんだろうとばかりに、征礼は軽くにらみつけてきた。微妙に納得できないところはあるが、もとより誰かに言うつもりなどなかった。

「こういうことは頻繁にあるの？」

「頻繁ではない。ここ二年位は数か月に一回あるかないかだったけど……」

征礼はいったん言いよどんだあと、あらためて告げた。

「姫宮が身罷られてからは、ちょっと頻度が高くなったかな」

姫宮が夭折してから三か月しか経っていない。それで頻度が高くなったというのなら、先ほどのようなことはさいさん起きているのだろう。

「人目に触れさせることはあまりにもおいたわしいので、廂のほうで見張りをしていたんだ。まさか夜御殿のほうから見つかるとは思わなかった」

もしかしたら征礼も、廂側の戸を開けて帝の様子をうかがっていたのかもしれない。あるいは気配を感じて母屋に来てみたら、そこに荇子がいてすべてを悟ったということだったのか。

目にした帝の姿は、強烈なほどに目の奥に焼き付いていた。

先日目通りした中宮の虚ろな顔を思いだすと、どうしても引っかかるものはある。それでも痛ましいことは間違いないと、荇子は気を取り直して尋ねる。

「このあと弘徽殿女御様が上がることになっておられるけど、大丈夫かしら？　なにかうまいこと言ってお断りになられたほうがよくない？」

「ああ、大丈夫だよ。いつものことだから」

投げやりに告げられた一言に、荇子は衝撃を受けた。

どういう意味だ。帝があのように嘆くことは、近頃はともかく元々はそう頻繁ではないと言っていたではないか。

不審の眼差しをむける荇子に、征礼は顔をしかめる。彼が手にした紙燭の明かりが、見えなくてもよいものまで照らし出してしまう。

「――御息所が身罷られてから、主上にとって妃とは煩わしい存在でしかないんだ」

だからあそこまで嘆くことはなくとも、妃を召すことは常に憂鬱なことでしかない。

なるほど、そういう意味でいつものことなのか。

それでも帝という立場上そうするしかなく、傍から見れば十分寵愛を受けている弘徽殿女御に対しても義務だというのなら、そりゃあ後ろ盾の無くなった中宮に対して夫婦の情など持てるわけがない。

自分がとやかく思うことではない。

それでも腹立たしさは、どうしようもないほど込みあげてくる。亡くなった人に勝てるわけがない。三人の、いや、これから先も増えるかもしれない帝の妃達はどんな思いで日々を過ごせばよいのか。

いら立つ荇子に、征礼は抑揚のない口調で言った。

「弘徽殿女御と麗景殿女御は、主上の本心にはお気づきではないよ。あの方達の後ろ盾が損なわれないかぎり、主上はうまく隠しおおせなさるよ」

「女御様方を見くびっているの？　確かにお二方にはそんな気配はなさそうだけど、何年もそんな状況がつづけばいつかはお気づきになるわ」

　怒りを通り越して、鼻で笑うような物言いになった。

　確かに先日目通りした弘徽殿女御は、我が世の春を満喫して、帝の寵愛を微塵も疑っている気配はなかったけれど。

　苻子の剣幕に征礼は一瞬ひるみ、だがすぐに言い返してきた。

「だとしてもどうしようもない。確かに女御方にはお気の毒だと思うけど、あの方々の父親がした東宮時代の主上に対する仕打ちを考えれば、あれだけ取りつくろえているのは本当にすごいことなんだ。お前はそのときのことを知らないだろう」

　ぐうの音も出なかった。

　なるほど。双方の気持ちが通じあわぬ結婚は、その形を維持するため夫婦はこれほどにも忍耐を強いられるのだ。願わくば弘徽殿と麗景殿の二人の女御が、できるだけ長く鈍感でありつづけて欲しいと思った。

　黙りこんだ苻子に、征礼は気まずげな顔をする。口許が物言いたげに、緩んだり引き結んだりを繰り返していた。

　そのとき、征礼が手にしていた紙燭の明かりが悪戯のように掻き消えた。

　一瞬完全に視界を失い、夜目を取り戻す前に声が響いた。

「征礼」

帝の声だった。

常と変わらぬ涼やかな、どこか捉えどころのない声音だった。つい先ほどむせび泣いていたことが嘘のようだ。

「ただいま、参ります」

征礼は声を上げ、東廂の方向に走っていった。暗闇の中、足音だけが遠ざかってゆく。

一人取り残された荇子は、その場に立ち尽くした。

是非ではなく、正否でもない。だから賛否も分からない。

そんなことが世の中には凡にしてあり、結論を出すことなどとうていできない。不誠実に不誠実で報復したあげく、欺瞞に満ちた平穏が宮中を満たしている。

肩を落とし、ゆっくりと歩きはじめる。ようやく取り戻した夜目に、三尺几帳の白い帳が不気味なほどくっきりと見える。二間の方向を眺め、そういえば薬玉のお礼を言うのを忘れてしまったと荇子は思った。

端午の翌日六日は、奏楽や打毬等の遊びが行われる。

競馬や騎射も行われるが、前日のように儀式めいたものではなく、あくまでも余興に近い感覚だった。そのため内裏女房達も気楽に競技を覗きに行ったり、宴のために余分に作られた馳走を御裾分けしてもらったりして楽しんでいた。

そんな浮かれた空気の中、苻子は夢見が悪いと理由をつけて局に籠もっていた。

昨夜の光景はなかなかに衝撃的で、目が覚めても帝の嘆く姿がくっきりと目の裏に焼き付いていた。とても今日は帝の顔を見られない。見てしまえば少なからず動揺して、そうなれば目敏い帝は必ずその変化に気づくにちがいない。

昨日の今日ではさすがに無理だ。だからといってそう何日も休みは取れないから、今日一日でなんとか気持ちを静めなければ……。

いっそ写経でもしようか。文殿に頼めば、経のひとつなりと借りられるだろう。そんな気持ちから苻子は御簾を上げ、下仕えか女孺がどこかにいないかと見回した。文殿は近いから自分で行ってもよかったのだが、夢見が悪いといって籠もっている手前あまりうろつくこともできない。しかも小袖に緑衫の袿を羽織っただけの軽装である。袖口からは濃縹色を単をのぞかせる、気に入っている色合わせではあるけれど。

「誰か……」

しかし簀子の端にも高欄の先に見える壺庭にも人影はない。諦めて手を離した矢先、外から手が伸びてきて御簾をつかんだ。

荇子はぎょっとした。簀子に立って御簾をつかんでいたのは直嗣だった。

参内では勅許を受けた者だけが許される冠直衣姿である。袍の色は十八歳の若者にふさわしい紅の濃い二藍。一枚の御簾を間に、たがいに内と外を覗きこむようにして見つめ合う。

「頭中将様」

なんだ、お前かと言わんばかりの物言いになったのは、探していた女嬬達ではなかったからだ。それでなくとも平志の件で軽蔑の気持ちしかない相手だ。他の女房達のように歓喜の声など上げるはずがない。

しかし荇子には道理でも、直嗣には不如意な反応であったようだ。当代一の呼び名も高い公達にこんな無愛想を示す女房は、敵対する藤壺の者達をのぞけばいなかったのかもしれない。

不服気に頬を膨らませた直嗣の視線は、ある一点で固定された。荇子の背中越しに局の様子をのぞくことができる。故意でないにしろ、局を親しくもない人間にのぞかれるなど真っ平ごめんである。身をていして直嗣の視界を遮ろうと足を動かしかけた矢先だった。

「あれが、藤侍従から貰った薬玉か？」

直嗣が指さした先には、母屋側の柱に吊るした薬玉があった。

指摘通り、征礼が贈ってくれたものだ。もらってすぐに吊るしたのだが、まだ礼は言えていない。昨夜の件から征礼と顔をあわせていないからしかたがない。

「さようでございます」

不承不承荇子は答えた。征礼には自分のように豪華な物は贈れまいと嘯いた相手に、彼から贈られた薬玉を見せたくはなかった。客観的には簡素にも見えるあの薬玉が、どれだけ荇子の好みを熟知したものなのか、この公達に伝える必要などなかった。

「——私が贈ったものは気にくわなかったのか？」

思いがけない問いに、荇子は目を円くする。しかし訊かれてみれば納得の疑問だ。同じように贈った薬玉が、自分のものだけ飾られていなかったら普通に気を悪くする。昨夜は征礼と別れたあとはまったく気がまわらず、今朝になってさすがに蓋を開けて見るだけはしたがそれっきりだった。

艶のある五色の糸を豊富に使い、精巧な造花をふんだんに飾った豪華な薬玉だった。あんなものをこれ見よがしに飾りなどしたら、同輩達になにを言われるか分かったものではない。

「いえ、あまりに見事なので気後れしてしまいました」

われながらものすごい棒読みだった。緊張しているとでも受け取ってもらえるとよいのだがと心の中で祈る。いくらなんでも失礼だろうという良心の呵責は、中宮の射手に横槍を入れたのが彼だと判明したことで相殺されていた。

直嗣は眉を顰め、ひどく不快気に荇子をにらみつけた。

「嘘をつくな」

低くぼそっと、だが吐き捨てるように直嗣は言った。

やはりばれていたかと、荇子は気まずげに視線を逸らす。なれど、かまうものか。自分が男の官吏だったら後々の出世に尾を引いていたやもしれぬが、女房であればそこまで大きなことにはならないと高をくくる。どのみち中級貴族の娘の荇子は、最初からこの内侍という地位で頭打ちなのだから。

「私のどこが、やつに劣るというのだ」

不貞腐れ気味のつぶやきは、荇子にではなく帝に対するものだったのだろう。

征礼という比較の対象がはっきりと見えるだけに、姉の弘徽殿女御とはちがいやんわりと拒絶されていることを自覚しているようだ。

しかたなかろう。なにしろ征礼は、冷遇されていた東宮時代からずっと献身的に帝を支えてきたのだ。家柄だけを理由に侍臣に抜擢された直嗣とは、比べ物になるわけもあるまい。直嗣のような生まれの者には、家柄が良いというそれ自体が信頼に等しいのかもしれないが。

実はその家柄が帝の信頼を得られない一因になっていると知ったら、この高慢な公達はどんな顔をするのだろうかと、意地が悪いことを承知で荇子は思った。

——あの方々の父親が東宮時代の主上に対する仕打ちを考えれば。

征礼の言葉がよみがえる。

十八歳の直嗣はきっと知らないのだろう。左大臣(さだいじん)の嫡子(ちゃくし)というだけで、帝にとって嫌悪を駆りたてる存在だということを。その憎悪と怒りを表に出さぬよう、帝が懸命に自制をしているということを、もちろん姉の弘徽殿女御も知らない。父親がしてきたことで子供に罪はないという言い分は、家柄による恩恵をふんだんに受けている身では通らない。

眉目秀麗(びもくしゅうれい)な貴公子として誰からも愛されて過ごしてきたこの若者は、ここにきてはじめて経験した他人からの拒絶に戸惑っているにちがいない。

数日前までなら気の毒だとも思ったが、昨日の射手の件でそんな情など霧散した。

いつまでも直嗣にこうしていられることは迷惑極まりない。だから荇子は自分の真意を伝えることにした。つまり私はあなたに対して怒っていて、その結果として嫌っているのだということを。自分のどこが征礼に劣っているのかという、直嗣の言葉を利用して。

「平志に射手の要請をなされたのは、頭中将様だそうですね」

冷ややかに告げた一言に、直嗣はぎょっと目を見開いた。

藤壺と弘徽殿の問題とはいえ、先に平志を手配したのは征礼だった。それを藤壺に対する嫌がらせのため、横からかすめ取るような卑劣な真似をしたのだ。征礼と親しい荇子が良く思うはずがない。ならば荇子が薬玉に感謝をしない理由も分かるだろう。

まっすぐと見つめてくる荇子から、直嗣は気まずげな表情で目をそらした。一応恥じ入る気持ちはあるらしい。

「私だって、気は進まなかった」

直嗣が言った。なにをいまさらと荇子は冷めた目をむける。

「いまさらそんな陰湿な真似、ましていやしくも中宮に対して、したくなかった」

私が気にしているのは中宮にではなく、征礼への嫌がらせだと荇子は内心で毒づいた。昔日の栄光は見る影もない中宮に、鞭を打つような真似はしたくなかった。けれど姉を新たに中宮位につけるには、彼女を宮中から追い出すしかない。左大臣家としてはその方針で、気は進まずとも嫡子として従わざるを得なかったということか。

（っていうことは？）

直嗣は弘徽殿女御の弟として中宮に嫌がらせをしただけで、蔵人頭として目の上のたんこぶの征礼に嫌がらせをするつもりではなかったのか？　どちらにしても人としていかがかと思えるやり口ではあるが。

「けど、主上が……」

「え？」

直嗣は泣きそうな顔をしていた。これまで懸命に堪えていたものが、じわじわとにじみだしているような感じだった。三つしか年の変わらぬ相手なのに、子供でも相手にしているような気持ちになった。

いや、それよりも。

「主上って？」

「……平志を弘徽殿の射手にするようにというのは、主上の仰せだったんだ」

子供がぐずるような物言いだった。

だから最初は、直嗣が責任逃れに嘘をついているのかと思った。しかしいくら直嗣が幼稚でも、さすがに主上に冤罪をかぶせたりはしないだろう。

「そんな、主上がなぜ……」

呆然とつぶやいたあと、荇子は思いつく。

東宮時代のことを考えれば、帝が中宮に嫌がらせをしたところで不思議ではない。

中宮の父親である先の左大臣は、先帝を遇するあまり誰よりも今上を冷遇した。そのくせ今上が即位をすると、真っ先に自分の娘を送りこんで中宮に仕立て上げたのだから厚顔無恥にもほどがある。

そのとき荇子の脳裡に、先日の光景が絵に描いたように鮮明に思い浮かんだ。

和歌集の模写を命ぜられ、そのための唐紙を有任が持ってきた。あのとき帝は箱ごと受け取り、紙だけを自分の箱に入れ替えた。荇子はそれを受け取った。そしてその中に汚れた唐紙を発見した。

頭の中でかちりと音をたてて、鍵が回った気がした。

黄蘗の紙は、最初から入れ替えられた箱に入っていたものではなかったのか？

「……分かりました。頭中将様の所為ではなかったのですね」

今すぐにでも飛び出していきたい気持ちを抑えて、なだめるように荇子は言った。直嗣は心からほっとした顔をする。しかしすぐに〝しまった〟とように口許を押さえた。帝の命を口外するという失態をいまさら自覚したようである。一介の内侍相手ですら、自分一人が悪者にされることが耐えられなかったのは直嗣の自尊心と幼さである。

「いや、あのそれは……」

「大丈夫です。あだやおろそかに喋ったりはいたしません」

苻子の言葉に、直嗣はあからさまにほっとした表情になった。

そういうところも信頼されない一因では、とはさすがに口にできない。

ともかくいまは、直嗣をこの場から追い払いたかった。そうして如子に、この件の相談をしなければならない。あだやおろそかに喋ったりしないと約束はしたが、苻子にとってこの場合の如子は、そんな相手ではけしてなかった。


帝の仕打ちを聞いて気分が悪くなった——そう言って直嗣を追い払ったあと、苻子は藤壺にむかった。雑仕女に先触れの文は渡したが、おそらく手に渡ったばかりの頃でとうぜん返事はもらっていない。仮にも上臈に対して不躾ではあるが、黙って返事を待つような余裕は、いまの苻子にはなかった。

後涼殿からの東南の渡殿に上がると、藤壺の殿舎が見える。

正面の簀子を、橡の袍を着た男が歩いていた。有任だった。ここにきて苻子は、彼にもこの件を伝えるべきだと思いなおした。それに黄蘗の紙を有任が用意していたのか否かを訊けば、帝への疑念がはっきりとする。

有任は東にむかって簀子を歩いていた。簀子の東側の突き当たりには沓脱の石が置いてあるから、ちょうど帰るところなのかもしれない。打橋の先にいる荇子には気づいていないようだった。

「大……」

声をあげようとして、いきなり石を口に詰め込まれたかのように息が止まった。

殿舎の陰から走り出てきた女人が、有任にひしっと抱きついた。

それだけなら、気まずくても驚かない。

しかし蘇芳色の小袿をきたその女人は、中宮だったのだ。

自分にしがみつく中宮を、有任は幼い子供をなだめるように抱き返す。二人はなにか語り合っているようだった。やがて中宮が意識を失ったかのようにがくんと崩れ落ちる。有任はその身体をしっかりと支え、膝の下に手を入れて抱え上げた。

まるで図ったように女房が出てきた。

「中宮様が倒れられた。すぐに床を準備せよ」

そう言って有任は、中宮を抱えたまま殿舎のむこうに歩いていった。後を追ってきた女房も一緒に消えていった。

荇子はその場に立ち尽くしていた。有任達に気づかれた気配はなかった。渡殿の柱がちょうど死角を作っていたのだろう。

あまりのことに考えがまとまらない。

倒れた中宮を抱え上げただけなら、たまたまということもある。しかし中宮は間違いなく有任にしなだれかかっていた。意識を失って倒れたのはそのあとのことだ。

つまり、それは……。

「見たわね」

うわっと、思わず悲鳴をあげそうになった。

目の前に仁王立ち(におうだ)ちをしていたのは如子だった。

「い、いつのまに……」

わたわたと傍の丸柱にしがみつく荇子に、如子はふんっと鼻を鳴らす。そうしてひとつ息をつくと、まるで独り言のようにつぶやいた。

「まあ、見られたのがあなたでよかったわ」

なんだか昨日も同じ言葉を聞いた気がする。落ちつきを取り戻した荇子は、顔をしかめつつ訊いた。

「誰にも言うなってことですね」

「やっぱり、あなたでよかったわ」

如子は満足げに言うが、ていよくあしらわれている気がして複雑でもある。

さすがにここではなんだというので、西南の廊に移動した。行き止まりで先が階になっており、西側は内裏の内郭となっているので比較的人目がない場所なのだという。如子が自分の局に行くかと誘ってくれたが、いまの心境で藤壺の中に入る勇気はなかった。

「まあ、二年くらいはあんな感じよ。具体的な男女の仲ではないけれど、特に中宮様はお心が不安定なときに、ああやって大夫におすがりになるのよ」

「大夫はどう思っておられるのですか？」

「疎ましく思うのなら、とっくに大夫を退いているでしょう。この状況での中宮職の役なんて、誰が好き好んで引き受けるのよ」

口ぶりは辛辣だったが、如子の言い分はあいかわらず的を射ている。

やるせない境遇にある中宮が献身的な有任にすがり、有任のほうも忠義と紙一重の恋心を抱いている。二人はいつのころからかそんな関係なのだという。肉体的に男女の関係はなくとも、心はまちがいなく想いあっている。

「二年もそんな関係を？」

荇子にはなにか含んだつもりはなかったが、如子が過敏に反応した。

「お仕えする私達から見たかぎりはね。まあ大夫からしたら中宮との姦通なんて、そんな大胆なことは――」

早口でいったん否定をしたあと、如子はふいに口をつぐんだ。

あるいは彼女も二人の男女の仲を少し疑っているのかもしれない。いくら御付きの女房とはいえ、二年間を四六時中共に過ごすことはできない。だがそんなことを迂闊に口にできるわけもない。

そのとき荇子の脳裡に、気泡が生じるようにひとつの考えが浮かんだ。


一年前に中宮が産んだ若宮は、間違いなく帝の子だったのだろうか。


自分が思いついた不遜な考えに荇子は青ざめた。

ちがう。あのときまでは頻繁ではないにしろ、帝は中宮を召していた。

しかし懐妊後は当たり前だとしても、子を亡くして御所に戻ってきてからはいっさい召さなくなった。それは中宮の体調不良に起因していると思っていた。

けれど。

唐紙や射手の横取り等の数々の嫌がらせの理由は、ひょっとしたら——。

急に黙りこんだ荇子に、如子は意味深な眼差しをむける。そうしてつまらなさそうに言った。

「あなたがなにを懸念しているのかは分かるわ」

荇子はぎょっとして如子を見た。

如子は眩しさを堪えでもするように目を眇め、細く息をついた。

「だとしても、若宮は身罷っているのよ。いまさら誰が傷つくというの」

4章 鎮魂（たましずめ）

端午節会から数日過ぎたある日、荇子は自分の局で写経をしていた。

若宮の冥福を祈るために寺に納めるからと、三日前に帝から名指しで依頼を受けた。

集中して仕上げるために、とうぶん出仕をしなくてもよいと告げられたときは心底ほっとした。内侍所で仕上げるようなことになれば、前回の和歌集のときと同じに長橋局からあれこれ嫌がらせをされるのが目に見えている。

とつぜんの月の障りで籠もっていた長橋局は、三日で復職してきた。剣璽に触れぬのなら別に勤めをしていても構わないようなものだが、今回はいつになく痛みが辛かったので休みをもらったのだという。

（どうせなら、七日きっかり休めばいいのに）

内侍所に入ってきた長橋局は、先に来ていた荇子の顔を見るなり、直嗣の薬玉の件でねちねちと嫌みを言いはじめた。

いつのまにそんな仲になっていたのか。中臈程度が左大臣の嫡子相手に厚かましい。身の程を弁えないにも程がある。もっと若くて美しい女はいるのに等々の無礼極まりない言葉を、遠回しではなくまあはっきりと言われた。

若く美しいの件では、あなたには言われる筋合いはないと返してやりたかったがそこはぐっと堪えた。年齢や容姿に優劣をつけるのは本意ではなかったが、この場合はおたがいさまである。堪えたのはあくまでも相手が先輩だからであって、同僚相手だったらはっきりと言っている。役職は同じだから言っても良いのではと思うこともあるが、のちのことを考えると面倒くさい。

だからこそ、如子の敵を作ることを躊躇しない姿勢は本当にすごいと思うのだ。

中宮と有任の関係を如子から聞いたあと、荇子は射手と唐紙の件を彼女に話した。後者はあくまでも疑いであるが、前者ははっきりと証人を得ている。帝が中宮に嫌がらせをしていることは、もはや確実だった。

話を聞き終えた如子は『そういうことだったのね』と、さして驚くこともなく言った。

予想外の淡泊な反応だった。もう少し驚くか怒るかすると思っていた。

『仕方がないわよ。私達には止める術も義理もないもの』

そう言った如子の表情は、彼女には珍しく気持ちが揺らいでいるように見えた。

如子の境遇から生じる中宮への義理と反発は、ひょっとしたら帝の行動に共感するところがあるのやもしれないと荇子は思った。

『でも唐紙が主上の仕業だとしたら、あなたは絶対に不審に思われているわよ』

如子の指摘に荇子は渋面を作った。

そのことには気付いていた。なぜ帝はなにも言ってこないのか？　それを口にすることは自らの策略を暴露することだから、訊くに訊けずにいるのか。諸々思い悩んでいるところに、五位蔵人が経典と紙を携えて帝からの写経の依頼を伝えにきた。

そうして今日に至っている。

防虫効果の高い黄蘗の紙に、一字一字丁寧に楷書を書き写してゆく。書きなれた女文字ではないから神経を使う作業だ。こんなものは手慣れた図書寮の官吏に任せれば良いはずなのに、いくら達筆で名が知れているとはいえ女の荇子に、しかも敢えてのように黄蘗の紙を寄越したところになんらかの作為を感じずにはいられない。

五位蔵人の言葉を信じるのなら、和歌集を書いた荇子に頼むことで均衡を取りたいというのが帝の言い分らしい。一理はあるが、中宮と女御を同列に扱うことに悪意がないとは言い切れない。

ふっと気持ちが途切れ、荇子はいったん筆を置いた。

背筋を過剰に伸ばしていたとみえ、首も肩もこちこちに強張っている。両肩を大きく前後に回し、首を左右に傾ける。それでもこわばりは解けず、行儀悪くも荇子は大の字になって寝ころんだ。

屋根裏に渡した太い梁を眺めながら、ぼそりとつぶやく。

「どういうつもりなのよ」

帝の真意が分からない。荇子相手になど、その気になればすぐにでも問いただせるはずなのに、なにゆえこのような思わせぶりを繰り返すのか。そもそもどういうつもりで若宮の供養を口にしているのか。

（それとも、若宮の出生自体は疑っていないのかしら？）

中宮が産んだ子供に思い入れはなくとも、自分の子だとは信じている。ゆえに供養のための仏具を準備し、こうして写経まで命じているのだろうか。

くるりと身体を回し、うつぶせになって床に額を押しつける。

「あ〜〜〜、もうっ！」

床に阻まれたくぐもった声が響く。

「征礼、なんで来ないのよ……」

自分でも無体なことをとは思うが、口にせずにはいられない。

節会のあとは内侍所での仕事が中心で、帝の傍に上がっていなかった。結果的に征礼ともずっと顔をあわせていない。

それでも以前であれば、ちょいちょいと彼が局を訪ねてきたので話すことができた。

しかし端午の夜に気まずい形で別れて以来、それもなくなっていた。いまにしても思えば、自分達のことでもないのにあそこまで感情的になる必要があったのか。

帝の后妃達に対する本音は女人としては耐えがたいが、人間としては分かるのだ。

東宮時代の帝を虐(しいた)げたのは、あくまでも父親達で后妃達ではない。だがその言い分は公卿(くぎょう)の娘としての恩恵を受けている以上は通用しない。

そのような状態だから、帝に対する疑念の数々も征礼には話せていない。

自分が苦労して手配した射手を奪い取った黒幕が、忠義を尽くしている帝だと知ったら征礼はどう思うだろう。

傷つくのか、怒るのか、それとも中宮に手を貸してしまった自分の浅はかさを責めるのだろうか。日頃のつきあいを理由に有任に協力したぐらいだから、少なくとも帝の中宮に対する嫌がらせには気付いていないのだろう。

ここにきて荇子の心には、帝に対するなんとも薄気味悪い感情が芽生(めば)えていた。亡くなった御息所(みやすどころ)を偲(しの)んでむせび泣く姿を見せるほど胸襟(きょうきん)を開いておきながら、平然とその相手を騙(だま)しているところに底知れぬ闇を感じる。

荇子はむくっと起き上がった。

征礼に真相を伝えなくてはと思うが、時宜は熟慮(じゅくりょ)しなければならない。いきなり事柄だけを伝えても、帝を非難しているようにしか聞こえない。それにはっきりと事実だとわかっているのは射手の横取りだけなのだから。

「えい、集中！」

荇子はぶんっと頭を振った。

相手の意図がなんであれ、仰せつかった写経は仕上げねばならぬ。そうして必ず中宮に渡すようにと、帝から命ぜられているのだから。

強引に気持ちを切り替えると、荇子は再び筆を手にした。

翌日の昼下がり。

仕上がった写経を手に、荇子は藤壺にむかっていた。

皐月も中旬にさしかかり、雨こそ降っていないものの、湿気のある空気が肌にまとわりつくようでなんとも不快な気候であった。

「ひと雨きたほうが、少しは涼しくなるかも……」

軒端の向こうにひろがる空を見上げ、荇子はうんざりしたようにつぶやいた。

薄墨と薄鈍の雲が折り重なるように立ち込める空は重たげで、いまにも降りだしそうな様相を呈している。

渡殿から打橋を通って、簀子に上がる。この季節なので格子はすべて開け放たれて、目隠しは御簾だけである。むこうの南廂に人がいるかどうかは良く見えなかった。もちろん先触れは伝えているが、たかが内侍一人に出迎えなどあるはずがない。

荇子は簀子を進み、御簾の前から声をかけた。

「もうし……」

そのとき奥のほうから、派手に物が倒れる音がした。つづいて聞こえてきた悲鳴に荇子はぎくりとして御簾の隙間から中を覗きこむ。南廂には誰もいなかった。騒動は奥のほうから聞こえてきていた。

「え、どこにいるの？」

荇子が首を傾げたとき、まばゆい光が視界の端をかすめた。

稲光である。

「ひっ！」

短い悲鳴をあげると、反射的に御簾内に身体を滑りこませた。

雷に対して身動きもとれぬほど怖がる者達が多い中、比較的耐性はある方だが、好んで見たいものではなかった。

南廂も御簾が下りた母屋も、人気はなかった。しかし声は奥の方から聞こえてくる。それももはや悲鳴ではなく、うめくような低い声になっていた。

「な、なにごと？」

母屋を挟んだ先は、北廂と孫廂がある。五舎(ごしゃ)の中でもっとも大きい藤壺は、南以外の三面のそれぞれに廂と孫廂の両方を備えている。声は北側から聞こえてきた。あるいは母屋の奥だったのかもしれない。

とはいえ、さすがに他所(よそ)の母屋を勝手に横切ることはできない。それで荇子は東側から迂回(うかい)することにした。いったん外に出て、東の簀子を進む。稲光がまた走った。いつのまにか暗くなっていた空は、もはや濃い鈍色(にびいろ)になっている。雨が降らないのが不思議なほどの色だった。

「くわばら、くわばら」

ぶつぶつと念じながら突き当たりまで来ると、目の前で妻戸(つまど)が音をたてて開いた。

とっさに荇子はその場で足を止めた。あと一歩でも進んでいたら、戸板に吹き飛ばされていただろう。しかし「危ない」などと、相手を非難をすることはできなかった。

出てきたのは、なんと中宮だった。

この間拝したときはまったく覇気(はき)がなく、しかもつい先日は倒れて有任に抱えあげられていたというのに、どこにこんな力があったのかと思うほどに妻戸は力強く開いた。

小袿(こうちぎ)は、いま壺庭(つぼにわ)で花を咲かせている楝(おうち)を模したかさねである。

しかしその気品に満ちた装いは、そこはかとなく着崩れていた。それにこんな勢いで戸を開けるなど、中宮という立場にあまりにもふさわしくない。

あ然とする苻子を、中宮はじろりと睥睨した。

「なんですか、そなたは」

「あ、あの、ご連絡致しました通り、写経をお持ちいたしました」

苻子は手にした巻子本を持ち上げてみせた。紙を貼り継ぎ、軸まではつけた。

「写経?」

「はい、若宮様のご供養のための――」

言い終わらないうちに、肩のあたりに強い衝撃を感じた。まったく無防備だった苻子はそのまま均衡を崩し、高欄のほうに倒れこんだ。

このまま庭に転がり落ちるものと、一瞬覚悟を決めた。しかし寸前で肩をかき抱かれて引き留められる。引き留めたのは如子であった。どこから出てきたのか、斜め後ろに回って苻子の身体を支えている。

「危なかったわ」

苻子よりずっと表情を引きつらせて如子は言う。突き飛ばされたはずみで落とした写経の巻子本が、簀子に転がっていた。

なにが起きたのかまったく分からない。

「ど、どういうこと――」

「不吉なことを申すな！」

中宮は叫んだ。いつの間にか他の女房達も奥から出てきている。

あまりの剣幕に荇子はひるみ、一歩後退りかけた。しかし肩に回った如子の腕に力がこもって動きを阻まれた。大丈夫だから落ちついて、という意味か、それともお願いだからここは黙っていて、という意味なのか分からなかった。

「若宮の供養などと、縁起でもない。あの子は生きておるわ！」

強い稲光が、ふたたび空を走った。藤壺の女房達は悲鳴をあげて頭を抱えこんだ。

いよいよ辺りは夜のように暗くなっている。

がたがたと震える女房達の中で、荇子は如子とともにその場にたたずんでいた。

（なに？　いまの、どういうこと？）

若宮が生きている。まさか、そんなことが？　いや、そんなはずはない。岩魚が言ったではないか。宮様を殯宮までお運びしたと――。

中宮は軒端の先の空を見上げた。

「おお、あのように不気味な空。若宮はさぞ怖ろしい思いでいるにちがいない。すぐに行ってやらねば」

裾を翻した中宮の前に、如子は立ちはだかった。

「承知いたしております。ですから先ほど夏梅を行かせました」

「されど……」

「かような空の下、迂闊に外に出ては雷神の御怒りに触れぬともかぎりません。どうぞ雷が治まるまで、中でお待ちください」

荇子はこっそりと白けた目をむけた。先ほどの稲光に対する反応を見るかぎり、如子が雷神を畏れているとはとうてい思えなかった。

中宮はしばらくなにか言っていたが、立ち直った他の女房達にもなだめられてどうにか納得して殿舎に戻っていった。如子以外の女房達もあとに続き、やがて荇子の目の前でぱたりと妻戸が閉ざされた。

臓腑の底から吐き出したような、深いため息が聞こえた。

如子が疲れ切った表情で肩をがっくりと落としていた。荇子は身をかがめて如子の顔をのぞきこんだ。

「いまのは、どういうことですか?」

さすがの如子もすぐには即答しなかった。どう答えようかというように、気難しい表情で眉をひそめている。

「若宮様が生きているって、まことですか？」

「そんなわけ、ないでしょう」

今度はあっさりと如子は言った。

だろうとは分かっていたが、頭から否定されて荇子はなんとなく気分を害した。

如子はゆっくりと首を横に振り、庭とも言えないほど狭い土地の向こうに立てかけてある目隠しの立蔀に目をむけた。あれがなければ中宮の錯乱ぶりは、この向こうにある弘徽殿の誰かに見られてしまっていたかもしれない。ひょっとしたら喚き声などは聞かれてしまっているかもしれないけれど。

中宮には物の怪が憑いているのだ。なぜなら亡くなった若宮が生きているなどと怒鳴っていたのだから。明日にはそんな噂が広がるかもしれないと荇子は思った。

「ここ数か月、時々ああいうことを仰せになられるのよ。前はただ塞いでおられるだけで、現でないことまでは仰せにはならなかったのに……」

それはつまり、気鬱の症状が悪化しているということなのか。

「御祈禱は？」

「しているわよ。でも効果がないからいまの状態なのでしょう」

けんもほろろに如子は吐き捨てた。ひそめた柳眉(りゅうび)にはっきりと苛立ちがにじんでいる。

これ以上触れると確実に怒らせそうだった。諦めて荇子は床に落ちた巻子本を拾い上げた。

「持ってくるのがあなただと分かっていたら、来るのを止めればよかったわ」

ぼそりと如子は言った。荇子は先触れを届けはしたが、あんのじょう如子の目には留まらなかったようだ。他の女房か侍女が受け取ったのかもしれないが、荇子があまりにも早く来てしまったので渡す間がなかったのだろう。

先ほど中宮の様子を見れば、この経典をまともに届けてもどんな結果になっていたのか容易に想像がつく。如子にとって荇子は〝あなたで良かった〟相手だから、先に分かっていればあらかじめ止めることもできた。

そうなってくると、仏具にかんしての不可思議な反応もおおよそ見当がつく。

「ひょっとして若宮のための仏具のことも、中宮様はご存じないのですか？」

「あなたからその話を聞いたとき、源大夫(げんのだいぶ)が止めたのだとすぐにわかったわ。だからあのあと彼から事情を聞いたの。いまのところ仏具は藤壺で預かっているけれど、中宮様のお目には触れないように隠しているわ」

あっさりと如子は白状した。なるほど、そういうわけだったのか。ならばあのときの如子の不審な反応もすべて腑(ふ)に落ちる。

　和歌集の冊子作りを二人で手掛けたとき、荇子は自分が届けた仏具の話題を如子に振った。しかし如子は最初、意味の分からぬ顔をしていた。だから荇子は敵の多い如子が、同僚達から仏具の件を知らされていないのかと疑ったのだ。

　しかし実際はそうではなく、あの段階で仏具は有任のもとに留められていたのだ。

　仏具を届けに行ったとき、有任が自分が手渡すことに固執した理由もこれで分かった。

「今の中宮様に、そんなものを見せれば、どうなるのか分かるでしょう」

　如子の言葉に荇子はうなずいた。

　経典であれだけ興奮したのだ。若宮供養の仏具など目にしたら、それこそ止めようがなくなるかもしれない。

　子を亡くした母が気鬱になるのは、とうぜんのことだった。

　あるいはその疵(きず)は生涯(しょうがい)癒(い)えぬのかもしれないが、それでも時間によってある程度は立ち直ってゆく。

　しかし一年の月日を経ても、中宮はいっこうに立ち直る気配を見せない。それどころか現と幻の区別もつかぬほどに悪化している。それは我が子を亡くしたという悲劇だけではなく、彼女の厳しい境遇がその心を追い詰めた結果ではないのだろうか。

悲しみと怒りで追いつめられた心は、少しずつ、そして確実に病んでいった。

閃光がふたたび、黒雲の中を走った。

こんなに空は暗いのに、なぜ雨が降らないのだろう。いったいなにを耐えているのかと荇子は思った。


荇子の懸念通り、中宮の錯乱は翌日には御所中に広まってしまっていた。

そこから中宮を廃さねばという議論が陣定に上がるまでは、まさに電光石火だった。

廃后論の先鋒者は、もちろん左大臣である。ここで中宮を引きずりおろして、自分の娘を中宮にという魂胆なのだろう。

そうして議論を重ねるも結論には至らず、それぞれの意見を奏上するという名目で数名の公卿達が帝の御前に参上した。

「ここ一年というもの、中宮は国母としての務めを果たすことができずにおられます。その間の政務は滞ったままです」

東孫廂で声をあげたのは藤参議。左大臣の腰巾着と呼ばれる男だった。

帝は昼御座にて、御簾越しに彼らの訴えを聞いていた。荇子はその少し奥に置いた几帳(ちょう)の陰に控えていた。帝が昼御座で過ごされる間、女房の誰かしらは間近に控えている。こんな日にこの役割が回ってきたことはただの偶然なのだが、これが幸いなのか運が悪いのかなど自分でもよく分からない。

それでも荇子は、臣下達の訴えに耳をそばだてる。どういう立場の誰が、なにをどう言っているのかが気になってしかたがない。

「ゆえに中宮を廃すべきだと、そなた達は言うわけか」

抑揚(よくよう)なく帝は言った。

「私は反対でございます」

そう言ったのは権大納言(ごんのだいなごん)だ。別に中宮をかばっているわけではない。娘の入内(じゅだい)を間近に目論(もくろ)む彼にとって、政敵の娘である弘徽殿女御を中宮に据えることはとにもかくにも妨げたい事態だからだ。それぐらいであれば、もはや脅威にもならぬ中宮を据え置いていたほうがよい。

麗景殿(れいけいでん)女御の父、大納言も同じ気持ちだった。

「過去の廃后の処分を鑑(かんが)みれば、呪詛(じゅそ)や反乱等の重罪を犯した者に対してばかりでございます。病で臥(ふ)せっているという理由だけでは、あまりにも不合理かと存じます」

理も道義も、反対派にあった。彼が言うように、病がちというだけの理由で廃后を求めるのは無理がある。せいぜい出家を勧めるまでが限界だろう。

　ふと荇子は、中宮と有任の不貞の疑念を思い出した。

　これが明るみにでれば、真偽は別として廃后派は一気に勢いつくだろう。そうしてあることないことを仕立て上げて、疑念を果てしなく真実に近いことにしてしまう。

「大納言の申すとおりだな」

　帝の言葉に、御簾のむこうで藤参議が舌打ちをしているのが見えた気がした。

　帳の隙間から垣間見える帝の横顔は、常と変わらぬように見えた。声音も平坦で、情も執着もなく、ただどちらに筋があるのかだけで答えている。

　それからしばらく公卿達は色々と論じあっていたが、帝の単純な真理を論破することもできず、結局廃后は決まらずに終わった。とはいえ問題は宙に浮いたままなので、なにかあれば左大臣側が話を蒸し返してくるであろうことは容易に想像ができた。

　誰が中宮であるべきかなど、荇子に関心はない。

　ただ万が一にでも廃后という事態になれば、如子に行くあてがあるかが気になる。彼女の美貌と身分であれば、えり好みをしなければ結婚相手には事欠かないだろう。けれど誇り高い如子がそんな境遇に甘んじるなど、想像しただけで気が滅入る。なぜならそれは如子のみならず、世のすべての女という立場のままならなさを如実に証明することに他ならないからだ。

　公卿達が立ち去ってすぐに、帝が声をあげた。

「誰かある」

　荇子は物思いから立ち返り、卯(う)の花(はな)のかさねの唐衣(からぎぬ)の襟元(えりもと)を整えながら急いで御前にと出る。

「お呼びで？」

　几帳から出てきた荇子に、帝は〝お前か〟と言わんばかりに、わざとらしく困った顔をする。

「江内侍(ごうのないし)。そなたはいかが思う？」

「はい？」

「中宮を廃すべきだと思うか？」

　そんなことを私に訊かれてもとは思ったが、帝が本気で問うているはずがない。

　荇子はゆっくりと首を横に振った。廃后すべきではない。あるいは分からない。そのどちらに受け取られても別に問題はなかった。

「気の無いものだな」

　つまらなそうに帝は言ったが、その言葉をそっくり返したいと思った。中宮が誰であるべきか、もしくはどうあるべきかなど苻子の関与すべきことではない。それよりも夫の立場での無関心のほうが問題ではないか。

「てっきりそなたは、もっと中宮をかばうものだと思っていたぞ」

「……なぜでございますか？」

「和歌集の紙の汚れを黙認したのは、中宮をかばってのことではなかったのか？」

息が詰まった。

苻子と如子以外、あの件を知りえるのは紙を汚した犯人だけ。

これではっきりとした。あの汚れた紙は、やはり帝が仕組んだものだったのだ。公になれば中宮に疑惑の目が向けられることを承知の上で——。

騎射の件も併せて、帝が中宮を窮地に追いこもうと目論んでいることは、もはや確実だった。

そこまで中宮に対する恨みは深かったのか。彼女の父である、先の左大臣から受けた仕打ちの所為なのか。あるいは有任との関係に薄々気づいているのか。

早打ちをはじめた鼓動が静まらない。帝の真意が分からなかった。

いったい苻子になにを求めて、敢えてここで中宮への仕打ちを暴露したのか。

混乱する頭を懸命に整理した結果、単純な結論にたどりつく。それはこの件が明るみに出ても、立場が悪くなるのは帝だということだった。

曇りがすべて晴れたように思考が鮮明になり、戸惑いがなくなった。

荇子はゆっくりと息を吐いた。

「藤侍従は知っているのですか？」

声を低くして荇子は尋ねた。帝は怪訝（けげん）そうに片眉（かたまゆ）をあげた。

「藤侍従が手配した射手を、主上が――」

言い終わらないうちに、ばしっと大きな音が響いた。

荇子と帝の間の、ちょうど真ん中あたりに閉じた蝙蝠（かわほり）（扇）が転がっていた。帝が放り投げたのだ。投げつけるというほど乱暴な所作（しょさ）ではなかった。

「それを申してはならぬ」

帝は言った。

自分で仕組んでおいてなにをと荇子は反発した。ならば直嗣にもしっかりと口止めをしておいたほうがよい。自分が悪者になることに耐えられず、つい口を滑らせてしまう幼い人間だから効果はないかもしれないが。

「私は頭中将（とうのちゅうじょう）からお聞きしました」

その名を聞いて、帝は鼻で笑った。

「知っている。本人がそなたに言ってしまったと謝罪してきた」

「はあ……」

苻子も思わず笑いだしそうになった。

鼻持ちならない所はあるが、育ちのよい苦労知らずなだけあって、根は素直な人間なのだろう。姉の弘徽殿女御と同じだ。それは帝も分かっているだろうが、だからといって心を許せるかというとちがうのだ。

「射手を手配した者が征礼でなかったのなら、別に誰に口外しても構わぬのだが――」

そこで帝はいったん言葉を切り、ふうっと息を吐くように言った。

「実は、征礼にだけは嫌われたくない」

前の言葉から逆に考えると、他の者には嫌われてもかまわないということになる。確かにこれまで目にしてきた帝のふるまいは、およそ他人に嫌われることを畏(おそ)れているとは思えない人間のそれだった。

「なぜなら私には、もはやあれしか信頼できる者がおらぬのだ」

そう漏(も)らした帝が、苻子の目にはひどく寂し気に映った。

室町御息所(むろまちのみやすどころ)と姫宮。

愛する妻子を失った帝は、もはやこの世の人間に執着がない。

それでも親身におのれに仕える征礼にだけは、執着というほどではないが親愛の情を持ち、彼からは見損なわれたくないという人間らしい感情を残しているのだろう。蝙蝠を投げたのは、射手の横槍の件を征礼に告げ口をするなという口止めである。

荇子は前にいざりでて、帝が放った蝙蝠を拾い上げた。そうしてさらに進み、繧繝縁の畳の端にそれを置いた。帝はちらりと首を回して蝙蝠を見下ろした。荇子は逃げるように元の位置まで下がった。

「申すなとおおせなら、誰にも申しませぬ」

荇子は言った

「なれど主上にどうしてもそうせねばならぬ理由がございましたのなら、その旨を正直にお話しなされば藤侍従は納得するはずです」

帝は蝙蝠から荇子にと視線を動かした。

その目に宿る光がなにを示すのか、身をすくめていた荇子はよく分からなかった。

帝はくすりと小さな笑いを漏らすと、からかうような口調で言った。

「なるほど、聡明な娘だ。やはり征礼の目は正しいようだ」

気鬱の中宮に対して大々的に祈禱を行うようにと帝が命じたのは、それから半刻もしないうちだった。いったいどういう風の吹き回しかと思ったが、いきなり廃后の案を持ち出すよりはずっと理に適っている。

日が暮れて灯火が入り、亥の刻になると格子が下ろされる。

荇子は夜御殿の設えを整えていた。本日は控えの当番だった。毎回毎々変な間合いで回ってくるとは思うが、一、二回ずれたところでどうせいつかはせねばならぬのだからと腹をくくる。

もうずいぶんと遅くなっているが、帝は朝餉間を動く気配がない。何気なく眺めはじめた文選が思いのほか興味深かったようだ。

南側の妻戸から昼御座に出て、台盤所に戻った。この刻限になると残っている女房は荇子一人である。上臥し（宿直）の殿上人も、名対面を済ませて鬼間で休んでいる。本来は帝が夜御殿に入ってからというしきたりだったが、帝から先に休むようにとの許可が出ていた。

各室の釣り灯籠も二間をのぞいて取り下げられている。ただし今宵は帝が夜更かしをしているので、襖障子を通して朝餉間からは光が漏れていた。

子の刻を回ってさすがにそろそろ就寝を促したいが、夢中になっているところに水を差すようで気が引ける。

どうしようかと思い悩んでいると、格子のむこうで物音がした。この季節だから羽虫もいるし、篝火で薪が爆ぜることもある。普段なら音など気にもしないが、そのときにかぎりなんとなく虫の知らせがした。

掛け金を外してそっと格子を押してみる。膝をついて隙間から身を乗り出して見てみると、藤壺側から簀子を女人が一人で歩いてきていた。袿姿で胸に大きな箱を抱えている。女房かと思ったが、朝餉間から漏れる光に照らされた顔を見て荇子はぎょっとする。

中宮だった。

まさかこんな夜更けに、供もつけずに。そこまで考えて、中宮の精神がもはや通常のものではないことを思い出す。よもや寝入っている女房達の目を盗んで、一人でここまでやってきたのではないか。

荇子はあわてて簀子に飛び出し、中宮のもとに駆け寄った。

「いかが……」

大きな声で問いかけようとしたが、急いで口をつぐんだ。

目の前に立つ中宮の表情は、およそ尋常とは言い難かった。怒りにぴくぴくと頬をけいれんさせ、血走った眼でこちらを睨みつけてくる。

「主上にお目通りを！」

「あ、あの……」

「なにをしておるか。さっさと取りつがぬか！」

どうしよう、これ以上興奮させては皆が起きてきてしまう。そうなれば尋常ではないこの姿を人目にさらすことになってしまう。中宮付きの女房でなくとも、それはあまりにも痛ましすぎる。

そのとき、背後でかたりと物音がした。

振り返ると朝餉間の格子が三分の一ほど押しあがっており、そこから片膝を立てた帝が身を乗り出していた。

こんな間近で騒いでいれば、そりゃあこうなるだろう。それでも荇子は青ざめた。ただでさえ中宮を疎んじている帝が、ここで中宮をどのようにあしらうか想像しただけで怖かった。大舎人達に命じて、力ずくで藤壺に戻すような乱暴な真似をしたりしないだろうか？

「中宮、こんな夜更けに何用だ？」

帝は言った。

怒りも焦りも、気まずさもない。いたって帝らしい恬淡とした口調だった。

いっぽう中宮はひるんだ様子もなく、腕をぐいっと伸ばして箱を荇子に押しつけた。それが自分が先日藤壺に届けた仏具であることを、荇子はようやく思いだした。

（中宮様には隠しているって、内府の君が……）

それをどういった経緯か見つけ出してしまった中宮は、その結果——。

「お戻しにあがりました」

中宮の声は怒りと興奮で震えていた。

「若宮は健(すこ)やかにしておりますゆえ、かようなものは不要でございます」

もはや成すすべもなく、荇子はその場に立ち尽くした。

帝は片膝をついたまま、じっと中宮を見上げている。やがてぎいっと音をたてて格子をさらに押し上げた。

「まあ、ひとまず入らぬか」

嘘でしょう？　と叫びたくなるほど投げやりな声音(こわね)だった。中宮はどう見たって尋常な状態ではないというのに。

唇をぎゅっと結ぶと、中宮は膝をついて中に入った。あ然とする荇子の前で、格子がぱたんと下ろされた。

しばしその場に立ち尽くしたあと、荇子はとつぜん背中を押されたように踵(きびす)を返した。

走っていった先は藤壺だった。

この刻限ならみな寝入って、普通であれば妻戸には掛け金が下りている。しかし中宮が出てきたのだから、どこかが開いているはずだ。ならば静かに事を済ませられるかもしれない。

不幸中の幸いで、中宮はここに来るまで誰にも見つからなかったようだ。もし誰かに見られていたら、こうなる前に大騒動になっているだろうから。せっかく騒ぎになっていないのに、ここで苻子が喚(わめ)いて大事にはしたくなかった。

藤壺の簀子に上がると、あんのじょう東奥の妻戸が開いているのが見えた。先日、中宮と鉢合わせした戸だ。察するにあの方向に中宮の居住区があるのではないか。普通主人は母屋の昼御座で過ごすものだが、中宮の不穏を警戒して極力人目のない北廂のほうで過ごさせていたのかもしれない。

妻戸の前まで行くと、奥の廂は騒然としていた。誰かが手にしているのであろう紙燭(しそく)の明かりが、女房達の動きをほの暗く浮き上がらせている。

「ちょっと、どこに行かれたの？」

「どうするの、大舎人に知らせないと」

「でも、変なことになっていたら……」

「そうよ。そんなことが知れ渡ったら、ますますのこと廃后論が強まるわ」

小袖に袴をつけただけの姿で、女房達があわてふためいている。恰好から察するに、皆寝入っていて、まさにいま中宮の不在に気付いたところだったのだろう。

荇子は躊躇なく中に足を踏み入れた。

「中宮様は、清涼殿においでございます」

さほど大きな声を出したつもりはなかったが、彼女達にとって聞き覚えのない声は思った以上に響いたようだった。

女房達はほぼ同時に振り返り、その中の一人が紙燭の明かりを向けた。

思いがけない荇子の登場に、全員がそろってあ然とした顔をする。

「それを報せに来てくれたの？」

聞き覚えのある声が響き、奥から如子が出てきた。小袖に袴だけといういでたちは他の女房と同じである。

「内府の君、一緒に来てください」

荇子は言った。

如子がなにか言う前に、藤壺の女房が名乗りをあげる。

「わ、私も行くわ」

「内府の君よりも、私のほうが中宮様には――」

「なりませぬ。さように大勢で出ては、人目について騒ぎになります」

女房達の主張を、荇子はぴしゃりとさえぎった。

中宮がもっとも信頼している女房は、おそらく如子ではないだろう。しかしこの状況で采配（さいはい）をふるわねばならぬのは荇子である。

その荇子が一番信頼している相手が如子なのだ。

「分かったわ」

そう答えてから、如子は近くにいた年若い侍女に何事かささやく。侍女はいったん奥に引っこみ、単（ひとえ）の袿を手にして戻ってきた。それを手早く羽織（はお）って如子は前に進み出る。

「行きましょう」

荇子が開け放って出てきた台盤所（だいばんどころ）の格子（こうし）は、そのままになっていた。

いったん後涼殿（こうりょうでん）のほうに迂回（うかい）して、壺庭（つぼにわ）を横切って台盤所前の簀子に上がった。清涼殿の簀子を藤壺側から通ると、朝餉間（あさがれいのま）の前を通る。足音が聞こえたり、あるいは格子に影が映るなどして気配に気づかれる心配がある。

「明かりを消して」

同じことを考えていたとみえ、如子がささやいた。荇子は息を吹きかけて、紙燭の火を消した。

朝餉間には、まだ明かりが灯っている。存外なほどに静かで、ひょっとして中宮はいないのではないかと疑ったほどだ。直前の様子からすると、喚きたてていても不思議ではなかった。

その光を頼りに、荇子と如子は格子をくぐりぬけて台盤所にと滑りこんだ。

大殿油(おおとのあぶら)には荇子が出たときの火がまだ残っていた。台盤所と朝餉間を隔(へだ)てる物は、襖障子である。よほど大きな音をたてないかぎり隣に気配は伝わらないだろう。

さっそく如子は襖障子の隅に顔を押しつけている。よく見るとわずかに隙間(すきま)がある。荇子が閉め忘れたのか、如子がいま開けたのかは不明だった。荇子は膝をつき、如子の下にもぐりこむようにして襖障子の先をのぞいた。気を利(き)かせた如子が、無言のまま下半身をずらしてくれた。

細い視界から苦心して見渡すと、むきあう帝と中宮の姿が見えた。

二人の間には仏具の箱が置いてある。先ほど如子を呼びに行ったときに藤壺で確認してもらったが、あんのじょう隠していたはずの仏具はなくなっていたそうだ。中宮が仏具を見つけ出したのでは、という荇子の推察は当たっていたのだ。

耳を澄まして二人のやりとりを聞こうとして、ふと荇子は思った。

中宮を中に招き入れたとき、帝は荇子に席を外すようには言わなかった。直後に荇子が如子を呼びに藤壺に行ってしまったのでその間がなかっただけかもしれないが、あんがいここで「白湯でもお持ちしましょうか」と白々しく声をかけたほうが自然なのかもしれない。

文選を読むために近づけていた大殿油の柔らかい光を受けながらも、帝の白皙の横顔は氷のように冷ややかに見えた。そしてむきあう中宮の横顔も、負けぬほど冷え冷えとしていた。二人の間には、およそ情を分かち合った夫婦とは思えぬ空気が流れている。

「さように申すのであれば、その仏具は引き取ろう」

気のないふうに答えた帝に、中宮は得意げにうなずいた。はたしてどういうやりとりがあって、いまの帝の答えになったのだろう。子供が生きているなどと言い張る段階で、話が通じなくなっていることは帝も分かっているだろう。

中宮の妄想に、帝が話をあわせてやったのだろうか？　荇子の目には終始一貫して冷たく映っていた帝のふるまいだったが、それでも夫婦らしい情が心の片隅にでもあったのだろうか。

頭上で如子がささやいた。

「いまなら、知らないふりをしてお連れできるかも……」

彼女の言い分には一理あった。清涼殿に来たときは手がつけられないほど興奮していたが、仏具の返却を認められて納得したのか、いまはずいぶんと落ちついて見える。この状況なら、穏やかに連れて帰ることができるかもしれない。

それがいい。苻子は顔をあげて、目配せで同意する。如子はうなずいて返した。

「じゃあ、江内侍が藤壺に報せてくれたと説明――」

「ところで」

襖障子(ふすましょうじ)のむこうで、帝が切り出した。

「中宮に、訊きたいことがある」

「はて、なんでございましょう?」

「ならば、そなたが産んだ子はいまどこにいるのだ?」

苻子は息を呑(の)んだ。せっかく中宮が落ちつきを取り戻したところなのに、なぜ消えかけた火に風を送り込むような真似(まね)をするのだ。

見上げると如子も、はっきりと柳眉(りゅうび)をひそめていた。

「もちろん、私があの子を産んだ里内裏(さとだいり)にございます」

存外なほど冷静に中宮は返したが、空事を堂々と証言する姿には病み具合の深さしか感じなかった。

帝は白けたように、ひょいと肩をすくめた。そうして憐れみと蔑みがまじりあったような表情のまま口を開いた。

「いるのだろう。入ってまいれ」

荇子はびくりと肩を揺らした。あわてて上を見ると、如子もさすがに顔を強張らせている。少しして如子が視線を落とし、荇子と目をあわせる。こうなったらいまさら逃れようがない。二人で同時にうなずきあい、荇子が引手に手をかけたときだった。

がたんと音をたてて、朝餉間の格子が三分の一ほど上がった。

その先に、膝をついた有任がいた。

荇子は驚きのあまり、ぽとりと落とすようにして引手から手を離した。

「あ、来ていたのね」

対照的に納得顔の如子に、荇子は小声で尋ねる。

「どういうことですか？」

「ここに来る前に、報せておくように侍女に言っていたのよ。近頃は中宮様のお加減が頓にお悪いので、なにかあったときにすぐに来られるよう宿直所でお過ごしだったから」

そこまでしていたのかと驚かされる。

ならば中宮が帝のところに乗り込んだと聞けば、矢も楯もたまらず駆けつけてとうぜんだった。

「大夫、ちょうどよかったわ」

中宮は有任の姿を見て、声をはずませた。

「あなたから主上にご説明してさしあげて。私が申し上げてもなかなか信じてくださらないのよ」

少女のように無邪気な物言いは、帝に対する冷ややかなものとは別人のようだった。

この状況でそのようにふるまうことそのものが、中宮の常軌を逸した状態を如実に証明している。

有任は痛まし気に中宮を見つめ、無理矢理のように笑いかけた。

「しかと承りました。主上には私からご説明いたしますゆえ、中宮様は藤壺にお戻りください。女房達も心配致しております」

「ならば女房に送らせよう」

江内侍、と帝が呼びかけたのは、荇子が目を瞬かせた直後だった。

考えてみれば有任がいることに気づいているのだから、荇子の存在に気づいていても不思議ではない。いや、それよりも先ほど思ったように、あんがい最初からいることを前提としていたのかもしれない。

つまり、聞かれても別にかまわないと考えていたのだろうか？

それでも襖障子の前で気まずい顔をしていると、如子が手を伸ばしてきて引手をつかんだ。そして〝あっ〟と声を上げる間もなく、襖障子を開いた。

「私がお連れいたします」

いつのまにか膝をついた如子が、荇子を押しのけるように前に出て言う。

彼女が出てくることはさすがに予想外だったと見え、帝は目を軽く見開いている。それでも焦ったふうではなく、ただ奥で肩をすくめている荇子に説明を求めるような視線をむける。とうぜんの反応だったが、とっさにうまい言い訳が思い浮かばない。

もごもごと口を動かしていると、如子がさらりと述べた。

「今宵(こよい)はなんとなく寝付けず、江内侍がこちらに控えていると聞いていたものですから、話し相手になってもらおうとうかがったところでした」

「ほう。そなた達がそのように懇意(こんい)だとは、知らなかった」

「不思議な縁でございますが、いまではとても親しくいたしております」

わざとらしいほど上機嫌で如子は語った。

少々複雑ではあったが、けして嫌な気持ちではなかった。如子はするりと荇子の脇を抜けて、中宮のそばに近づいた。

「さ、中宮様。あとは大夫にお任せして、戻りましょう」

大夫に任せてという言葉に安心したのか、中宮は素直に立ち上がった。そうして如子に促されて、格子（こうし）をくぐりぬける。朝餉間（あさがれいのま）を立ち去る際、如子がくるりと振り返って、あとは頼んだとでもいうような視線を送ってきた。荇子はいったん簀子（すのこ）まで出て、二人の後ろ姿が暗闇の中に消えてゆくまでを見送った。

そのあと踵（きびす）を返し、朝餉間の格子を下ろそうとした。

「そのままでよい」

帝は言った。先ほどまで中宮が座っていた場所に、有任が腰を下ろしている。正式な宿直ではないので、色の薄い穀紗（こめしや）の冠直衣（かんむりのうし）姿である。二十七歳という年齢を考えればもう少し濃くても良い気がするが、落ちついた物腰の有任にはよく似合っている。

格子に手をかけたままきょとんとする荇子に、再度帝は言った。

「今宵（こよい）は蒸すゆえ、開けたままにしておけ」

「なれど、誰ぞ参るやもしれませぬ……」

これから二人がするであろう話が、人に聞かれてよいものだとは思えなかった。中宮と有任の関係にかんしてはっきりとした証拠があるわけではないが、ここまでの彼らの挙動を考えれば、九割はそうだと考えて差支えがない気がした。

「なれば、そなたがそこで見張っていよ」

「え？」

荇子は頓狂な声をあげて、自分を指さした。

よほど間抜けな顔をしていたのか、帝は肩を上下に揺らして笑った。

「あ、あの、席を外さずともよろしいのですか？」

「これからする話が誰に聞かれたところで、別に私に不都合はない」

一瞬虚をつかれたあと、なるほどと納得する。中宮の錯乱。彼女と有任の関係。どちらが公になろうと、窮地に立たされるのは帝ではない。

そうなると、中宮が来たときに帝が荇子を追い払わなかった理由が分かる。そのあと襖障子のむこうで耳を澄ましていたことに気付きながら動かなかった理由も、これで合点がいった。

荇子を待機させることに、有任は異論を唱えなかった。帝を前にしてこれから話すことを考えれば、内侍の一人になにを聞かれようと些末なことに過ぎないだろう。

とんでもないところに居合わせてしまったとは思うが、こうなったらと腹をくって荇子は簀子に腰を下ろした。軒端（のきば）の先には夏の星と十日余りの月が浮かんでいる。もうどれくらい夜は更けたのかとぼんやりと思った。

「分かったであろう。中宮はもはや限界に来ている」

帝が有任に告げた言葉は、荇子にとって意外なものであった。単純に事実を述べただけやもしれぬが、中宮を案ずるような言葉がよもや帝の口から出てくるとは、思ってもみなかった。

「内裏（ここ）にいるかぎり、中宮はけしてよくならぬぞ」

「――おそらく、そうでしょう」

はじめて有任が口を開いた。帝は口許（くちもと）をわずかにほころばせた。狙っていた石を確実に取った、棋士（きし）のような表情だった。

「そう思うのなら、そなたから御所を下がるように中宮を説得いたせ。私の言うことは聞かずとも、そなたの言うことであれば聞くであろう」

遠回しな嫌みなのか、自虐（じぎゃく）なのかよく分からぬ発言だった。

有任は一度視線を膝に落とし、あらためてのように帝にむきなおった。

「言い訳はいたしませぬ」

中宮との関係を具体的に責められたわけでもないのに、やけにはっきりと有任は非を認めた。真綿で首をしめるように責められることを拒んだのか。あるいは帝の中宮に対する非情なふるまいに、もはや開き直ってしまったのか。

「なれど、お怒りはどうぞ私一人に。中宮様をこれ以上追い詰めることだけは、どうぞご寛恕ください」

荇子が知っているだけでも、帝が中宮にした嫌がらせは唐紙と射手の二つある。ひょっとしたら有任は、荇子が知らないところでもっと多くの嫌がらせを目の当たりにしてきたのかもしれなかった。

深々と頭を下げる有任を一瞥し、帝は肩を落とした。

「しかたなかろう。それぐらいせねば、あれは御所から退くとは申さぬのだから」

けして慈愛には満ちてはいない。さりとて怒りや憎しみに満ちたものでもなく、純粋に困り果てた人の物言いだった。

帝が中宮を御所から出したいと考えていることは確実だった。けれどその理由が不貞に対する怒りとするのなら、いまの物言いも含めて有任に対する態度があまりにも穏やか過ぎる気がした。

（なにを、お考えなの？）

荇子は注意深く帝の様子を見守った。ひりひりするような緊張感が荇子にも伝わる。

二人の男は、たがいに相手を威嚇しあうようにしばらく黙りこんでいた。

ついに帝が口を開いた。

「子に会わせてやらねば、中宮は快癒せぬ」

一瞬、荇子は帝がなにを言っているのか分からなかった。

中宮の子供は生まれてすぐに亡くなった。表向きは帝の子とされているが、こうなってはそれも怪しい。

いずれにしろ子は殯宮に安置されたあと、とっくに埋葬された。あの男児――岩魚も証言している。その子に会わせてやれとは、どういうことだ？

（ひょっとして、どこかから子供を調達してきて中宮様をごまかせということ？）

錯乱した心を一時的でも静めるためにはありかもしれぬが、その場しのぎで誠実とはけして言えない手段だ。

ちらりと有任に目をむけ、荇子はぎょっとした。

中宮との不義を認めたときでさえ落ちつきを保っていた有任が、うっすらと唇を開いたまま呆然と帝を見つめていたからだ。

「……なぜ？」

随分な間を置いてから、有任が問うた。声が震えていた。しかし彼がなにに対して尋ねているのか、この問いだけではよく分からなかった。

「なぜ、ご存じなのですか？」

「できすぎだろう。不義の疑いのある子が、無事に生まれながらもすぐに亡くなっただなんて」

ここにきて荇子は、ようやく帝の意図を察した。

そして有任と中宮が、なにを隠しているのかを理解した。

赤子が亡くなることは珍しくもない。そしてそれが不義の子供であれば、以前に如子が言ったように〝誰も傷つかない〟結果に終わらせられる。

けれど健やかに育ちつつあれば、選択肢は二つ出てくる。

呼子鳥のように、親を偽りつづけて育てるか。

あるいは表向きは亡きものとして、人知れずひそかに育てるか。

中宮と有任は、後者を選んだ。ゆえに二人の子はどこかで生きているのだ。おそらく有任の手の内で、無事に育てられている。

「最初に話しあって覚悟を決めたつもりでいたのだろうが、中宮はもう限界だな。腹を痛めて産んだ子に会えぬ悲嘆が、いまの理も現も分からぬ状況を作り上げているのではないのか」

およそ不義を働かれた側とは思えぬほど冷静に分析を下したあと、ひょいと付け足すように帝は言った。

「弘徽殿の興盛や、私のいびりも拍車をかけたのだろうがな」

後半の言葉を言ったとき、帝は意外にも気まずげな表情を見せた。

帝の中宮に対する数々の嫌がらせの目的がなんだったのか、その理由をひとつに断定することは難しい気がした。

憎しみはとうぜんあるだろう。自分を冷遇した者の娘であるうえに、不義を働かれたのだから、並みの男であれば八つ裂きにしたいと思うほど憎んでいても不思議ではない。

いっぽうで、荇子は思う。

帝が中宮を退かせようと執拗に画策した理由は、人としての思いやりが根底にあったからではなかったのかと。

何年も前に亡くなった愛妻の衣を抱いて、人知れず号泣する夜がある。あるいは忘れ形見の姫宮を失って悲嘆に暮れる日々を過ごしてきたからこそ、中宮に地位や名誉を失わせてでも、子供に会わせるべきだと考えたのではないのだろうか。

――子に会わせてやらねば、中宮は快癒せぬ。

愛児を亡くしたばかりの父親だからこそ、その言葉には重みがある。

いずれにしろ有任は、帝の所業を非難できる立場にはなかった。彼は一言も発することができないまま、観念したようにその場に項垂れていた。

「追って沙汰をくだす」

そう言って有任を追い払ったあと、帝はすぐに夜御殿に入御した。

なんととんでもない場所に同席させられたことかと、帝が居なくなったあとの朝餉間の片づけをしながら荇子は感じ入った。

露見したところで自分は困らないと言っていた帝だったが、話の終わり際にはさすがに口止めをされた。つまりは帝の中には、事を荒立てずに内密に処分を下したいという意向があるのだろう。

言われずとも、誰彼かまわず口外するつもりは最初からなかった。

しかし征礼と如子の二人にだけは、どうしようかと悩む。あんがいあの二人は知っているのではと一瞬は考えもした。しかし如子はその発言を思いだせば、子供が生きていることを知っているとは考えられない。

征礼も、射手のことを考えればおそらく知らないだろう。

征礼は帝の一番の忠臣だ。不義の件を知っていたのなら、有任と中宮のために尽力するはずがない。

やはりこれは、自分の胸のうちにだけに秘めておくべきことなのだ。

帝が内密に処理をするつもりでいるのなら、かかわった者達の傷は最小限で済む。

ここで自己満足な正義感を振りかざし、不貞を働いた二人を追い詰めるなど下衆(げす)の極(きわ)みである。

なによりも荇子は、真実を知っても有任と中宮を嫌悪することはできなかった。

彼らの関係を、純愛や同情などの安っぽい言葉で表現するつもりはない。しかしたがいに不利でしかない恋を、それでも諦めることができなかった二人の心を思うと、正論だけを理由に批判する気持ちにはなれなかった。

そしてもうひとつ、荇子の中に新たに芽生(めば)えた思いがあった。

帝に対する印象だ。

あれほど底が知れなかった帝の心の深淵を、今回のことで少しだけ覗(のぞ)けた気がした。それを表す具体的な言葉など、なにひとつ思い浮かばないというのに――。

帝の意向を考えれば、近々のうちに中宮と有任はそれらしい理由をつけて御所を去るだろう。廃后まではいかずとも、二人ともいまある地位を失うことは避けられない。

しかたがない。それだけどころか、それ以上の罪を犯した。

けれどそうしてでも我が子に会うことが叶えば、中宮も少しは改善するかもしれない。

（そのほうが、きっといい）

苻子は調度をざっと見回してから、隣の台盤所から簀子に出た。

軒端から見える星と月は、少し前に見たときに比べて大きく動いていた。はっきりした刻限は分からないが、あの位置からして相当夜は更けたにちがいない。

「早く戻ろう」

愚痴っぽく独り言ちた、まさにそのときだった。

目の前でとつぜん絵草子を広げられたように、脳裡にひとつの光景が思い浮かんだ。

端午の日。高欄越しに岩魚と話をしたときのことだ。


——父ちゃんと一緒に、宮様を内裏から魂殿にはこんだよ

彼が発した言葉がよみがえる。

中宮の宿下がりに従って里内裏にいた岩魚の父親が、若宮の埋葬を請け負ったのだと苻子は受け取っていた。けれど亡くなった若宮など、実際にはいなかった。

荇子はごくりと息を呑んだ。

「殯宮に連れていかれた宮様って、誰？」

従四位・中宮大夫の源有任が、陸奥国の国守に任命されたのは皐月の末であった。

現職の陸奥守が赴任させた目代（国司の命を受けて下向した中央官人）があまりにも強欲で訴状が絶えず、この任命責任を問われて現陸奥守が罷免された為の後任人事である。

そうと言えば確かに適任だとは聞こえるのだが、大国とはいえ陸奥国守は従五位上だから、現地赴任ということを加えても左遷人事であることは明白だった。

とうぜんながら御所はこの噂で持ち切りで、台盤所に控えていた内裏女房達の話題もこれ一色だった。

「従四位の方が、畿内ならともかく陸奥に赴任なさるだなんて前代未聞だわ」

「本当よね。近頃は遥任ばっかりで、ずっと目代を派遣していたのに」

「でもその結果として現地から苦情が殺到したのだから、さすがに今回は信頼できる人物を派遣して、現地の者達との融和を図りたいお考えになられたのでしょう」

「その点では源大夫は立派な方だけど、従四位の方に陸奥国守はあんまりじゃない」

「でも、しかたがないわ――」

命婦の一人が気の毒そうに言った。

「中宮様が御所をおさがりになられたのだもの。源大夫だって居づらいでしょう」

気鬱の病を理由に、中宮が御所を下がったのは昨日のことだった。

一時的な処遇とも取れるが、現状の勢力を考えれば、おそらく御所に戻ってくることはできないだろう。そうなれば弘徽殿や麗景殿、あるいは新しく入ってくる有力な妃達とその後援者達が勢力を競うであろう御所で、有任の居場所はないに等しい。

さりとて忠義を尽くした結果が東下りとは悲惨すぎるではないか、などと女房達は口々に有任に同情していた。

真相を知る者として色々思うところはあるが、迂闊になにか言うわけにもいかない。さりとて無責任な噂話を聞きつづけることには堪えられず、荇子は用事があると言って台盤所から退いた。

簀子を少し進んだところで、紅の表着をひるがえして走ってきた卓子と鉢合わせた。承和色の単の唐衣との組み合わせが、はちきれんばかりの若さと愛らしい姿によく似合っている。

「江内侍さん、大変です！」

嚙みつかんばかりに迫ってくる卓子を、荇子は両手を前に出して抑える。

「落ちつきなさい、どうしたの？」

「藤壺の方達が荷造りをはじめています」

「……いまさら、なにを言っているのよ」

御所を下がるとき、中宮はごく少数の者達だけを連れていった。いま藤壺で荷造りをしているのは、これを切っ掛けに中宮のもとを退いた者達だ。

「内府の君が、ご実家にお戻りになるそうです」

やはり、そうか。荇子は顔をしかめた。

御所を下がる中宮に、これまでのように数多くの女房は必要ない。というよりも雇えない。特に如子のように俸禄の高い者は、いかに有能でも手に余る。

それに中宮が実家に連れていった者達が、乳母や乳姉妹など比較的近い者達だけに限定されたことを考えると、子供の件について知っている者だけが選ばれたようにも思う。今後中宮が我が子に会うのであれば、人目は可能なかぎり避けた方がよい。

「どうしましょう、内府の君がいなくなっちゃう！」

半泣き状態の卓子に、いつのまにそんな信奉者になったのかと荇子はうろんな目をむける。確かにその傾向はあったが、ひょっとしたら卓子のことだから、荇子の知らないうちに如子のところに遊びに行ったりしていたのかもしれない。

「しかたがないでしょ。今月中には藤壺を空けるように言われているのだから」

「でも宮仕えを辞められたら、どうやって生活していくんですか」

十四歳という若さと、日頃の楽天的な性格からは想像もつかないほど生々しいことを口にするものだと呆(あき)れたが、その懸念(けねん)は荇子にもあった。そもそも十四歳の卓子が思いつく現実を、二十一歳の荇子が気付かぬはずがないのだ。

だからといって自分になにができるのか。駆けつけたところで身にもならぬ同情の言葉を口にするしかできないし、それは如子のような娘をもっとも白けさせる行為のような気がした。

「実家にお戻りになるのでしょう。お邸(やしき)はあるのだから、いきなり路頭に迷うわけがないでしょう」

「でも、そのあとはどうなさるのですか？」

「そんなことは私達が気にしても――」

喉元(のどもと)まで出かけた〝しかたがない〟という言葉を荇子は呑み込んだ。それを口にしてしまえば、自分の無力さを痛感させられる気がして悔しかった。

あれほど美しく聡明で、かつ高貴な生まれにある如子でさえ、このような状況になればなす術(すべ)がない。頼みとする後ろ盾がない女など懸河(けんが)に流される木の葉と同じで、すがるものもなく流されるままにゆくしかない。ここ最近は考えることがなかった義母と異母妹のことを思いだし、軽い痛みが胸を刺した。

権力者のひとつのくさみで、下の者達はいとも簡単に吹き飛ばされる。

それは男も女も同じこと。女だからということではない。単純にしかたがないだけなのだ。口には出せない言葉を何度も胸の内でつぶやいたあと、先ほどとは比較にならぬ強い痛みに顔をしかめる。

「ごめん。あとで聞くわ」

「え、江内侍さん⁉」

なにかしきりに話しかける卓子を振り切って、荇子は足を進めた。いつもならしつこくまとわりついてくる卓子も、不穏な気配を感じ取ったのか追いかけてはこない。

ずんずんと足を進め、荇子は藤壺に向かった。

御簾の間から中に入ると、東廂から如子が歩いてきたところだった。白地に二藍の糸で撫子の紋を織り出した顕文紗の袿。薄い藍色の単という軽装が、女房勤めを辞めたことを示しているようでますます胸が痛む。

「あら、ちょうどよかった」

荇子の顔を見た如子は、びっくりするほどあっけらかんと言った。

毒気を抜かれたようになる荇子の元にいそいそと近づいてくると、如子は懐から紙の束を差し出した。

「あげるわ。また、なにかの装丁にでも使ってちょうだい」

突き出された束を遠慮がちに受け取る。どれもこれも彩りの美しい染め紙だった。

「え、これって……」

「私が実家に帰ることが広まったら、前に袖にしていた奴らや、なんだか名前も知らないような輩がいっせいに文を寄越してきたのよ。いまなら簡単になびくと思われたのかもしれないわ」

さばさばとした口調で如子は言うが、ざっと文を眺めた荇子は記された名に眉をひそめた。名も知らぬ輩というのはあきらかに下位の者達で、中宮の上臈である如子には臆して手を出せなかった者ばかりだった。

たとえ身分違いの身の程知らずだとしても、ただ恋しいという気持ち、あるいは狩猟をするような気持ちでも、堂々とぶつかっていく男はまだ気概がある。しかし如子の立場が弱くなったことを狙い目とばかりに言い寄る男達の低俗さには本当に虫唾が走る。

「これから、どうなさるのですか？」

「家に帰って、しばらくのんびり過ごすわ。四年も働いてきたのだから、とうぶんは大丈夫よ。あなたのおかげで貯えも減らさずにすんだしね」

からかうように如子は言うが、荇子はとうてい笑えない。荇子のおかげで減らずにすんだ貯えなど、唐紙三枚分に過ぎない。如子自身が言うように、すぐに困窮することはないだろう。けれどなにもしないままであれば、とうぜん先は見えている。そうなったときは生きるために、如子は意に添わぬ選択をせざると得ないかもしれない。辺境の人となりはてた義母と異母妹のように――。

屈辱(くつじょく)ともいえる宮仕えを強制され、しかし嘆(なげ)くことなくそれを糧(かて)を得る手段だと言い切った如子に苻子は共感した。彼女の毅然(きぜん)とした生きざまは、自身の生き方に迷いを消せないでいた苻子にとって、足元も覚束(おぼつか)ない程の暗がりの中を導いてくれる鮮烈な明かりであった。

そんなに強い光を放つ如子でさえ、やはり駄目なのか？　どれほど聡明でも、いかに美しく気丈でも、女は男の力がなければ生きることはできないのか。あらためて突きつけられた現実に、失望からがっくりと身体(からだ)の力が抜けそうになる。

そのせつなであった。

暗い雲の中で光る雷光のように、苻子の脳裡(のうり)にある考えが思い浮かんだ。

（いいえ、そんなことはない！）

情勢、ないしは権力者の意向でいいようにされるのは、女も男も同じこと。

だからしかたがないではなく、抗(あらが)う術(すべ)はなくともうまくかいくぐる手段は女にだってあるはずだ。そのためにある者は美貌(びぼう)を、そしてある者は若さを、そしてある者は知恵を使うのだ。

荇子はしゃんと背筋を伸ばし、如子を見据えた。とつぜんの荇子の変貌(へんぼう)に、如子はきょとんとする。

「私、まだ借りを返していませんね」

「え？」

たがいに貸し借りを繰り返していたので、どちらに債務があるのかもはやこんがらがってしまっている。だからこれは便宜(べんぎ)上の発言だった。

これこそが己の力量の見せ所だ。そうすることで、この世をうまくかいくぐる能力があることを証明して見せると荇子は思った。

「借りって……」

「必ず返しますから、安心してください」

いつになくきっぱりと語る荇子に、如子は目を円くしていた。

なぜならそのときの荇子は、眦(まなじり)を決した燃えるような目をしていたのだ。

帝が夜御殿(よるのおとど)に入御したあと、宿直(とのい)の殿上人(てんじょうびと)は鬼間で夜を過ごす。

　今夜の当番が征礼だというのは本人からも聞いていたし、変更がないことは少し前に行われた『殿上の名対面』で確認できた。麹塵の袍をつけた極臈（六位蔵人の第一臈者）の誰何に「藤侍従である」と名乗りをあげる征礼の声を台盤所で聞いていたのだ。

　そのあと征礼が鬼間に入ったのを物音で判断し、荇子は襖障子を少し強めに叩いて名乗った。

「どうしたんだよ？」

　中に入ってきた荇子に、征礼は驚いた顔をした。指貫に腰帯をつけた衣冠は、いわゆる宿直装束である。五位の征礼は、緋色の縠紗の袍に藍色の指貫を穿いていた。いままさに明かりを消そうとしていたのだろう。膝立ちになり、大殿油の炎に顔を寄せていたところだった。

「ちょっと相談があるの」

　やけに抑えた荇子の声に、征礼は訝し気に眉を寄せつつ床に座りこんだ。あきらかに警戒している。そりゃあそうもなるだろう。必要であれば局に呼び寄せることができる相手なのに、それをわざわざ宿直をしているところに訪ねてくるなど普通ではない。しかも荇子の口調やふるまいから、どうしたって明るい話題でないことは明確だった。

　荇子は大殿油を挟み、征礼と向かい合った。ゆらゆらと揺れる炎が征礼の困惑気な面持ちを照らし出す。二十一歳の男とは思えぬほど、少年のようにつるりとした肌の持ち主だった。

どうやって話を切り出すかは、ここ二日ほどさんざん考えてきた。

話をはじめるうえで、征礼は中宮と有任の関係を知らないということが前提だ。射手の件で有任に協力をしたことから、そう推察した。

ならば亡くなった若宮など存在しないことも知らない。

こうなると追及が少々遠回りになる。帝から口止めをされている部分がそれぞれにちがうから、必然的に腹のさぐりあいになってしまう。

「薬玉を持ってきてくれた、岩魚という男童のことなのだけれど……」

「ああ、あいつね」

「可愛がっているの？」

「そうだな。あの年にしては気が利いているし、顔だちも愛嬌があって可愛い子だよ」

「あの子、亡くなられた宮様を、内裏から殯宮まで運んだそうよ」

そのせつな、征礼の顔が確実に強張った。

しかし彼はすぐに表情を取り戻し、そんな馬鹿なと苦笑した。

「あいつ、なにを勘違いしているんだろうな。内裏から死者を運び出すなんて、よほどの不慮の事態でもないかぎりありえないのに。姫宮様は四条の邸で身罷られて、そこから殯宮に移されたよ」

やはり、そうきたか。

征礼が真っ先に思いついたのは、若宮ではなく姫宮の殯だった。

しかしここに不審はない。若宮の葬儀は一年も前のことで、しかも征礼はこの件にかんしてかかわっていない。主君である帝が無関心だったから、とうぜんだろう。

だとしても姫宮の殯が通常通りに行われたのなら、すぐに若宮の殯を指しているのだと思いなおしそうなものだ。世間的に若宮の棺は、中宮の実家である里内裏から殯宮に運ばれたとされているのだから。

そもそも荇子は、姫宮とは一言も言っていない。だから荇子がそう思ったように、若宮のことかと問い直すべきなのだ。

しかし征礼は姫宮の件を隠そうとするあまり、そちらに機転が回らない。ただただ岩魚の軽はずみな発言を否定することにのみ集中してしまっている。もっともそう言われたのなら、荇子のほうもいよいよ『若宮が生きている』ことを言わなければならないので助かったのだが。

荇子はぴたりと征礼を見据えた。

「心配しないで。他言はしないわ」

あれこれと語りつづけていた征礼が、ぴたりと押し黙った。

彼は唇をうっすらと開き、まじまじと荇子を見つめた。まるで知らない相手を見るかのような顔をしていた。

駄目押しをするように荇子は言った。

「姫宮様は、内裏で身罷られたのよね」

征礼は唇を結んだ。否定も追及もしなかったことに、彼が観念したことを表していた。あるいは荇子が先刻口にした〝他言はしない〟という宣言が効いたのかもしれない。


清浄に徹するべき内裏で姫宮を看取り、死の穢れを生じさせた。

こんな不祥事が明るみに出れば、世間からの非難は免れない。公卿達はここぞとばかりに帝の不敬をあげつらい、どうかすると退位を求められる可能性まで出てくる。

がっくりと項垂れる征礼を、荇子は大殿油の炎越しにじっと見つめた。ゆらゆらと揺れる炎が、征礼のなめらかな肌に複雑な陰影を映し出した。荇子もまた、知らぬ相手を見ているような気持ちになった。

——そりゃあお前だって、隠し事のひとつやふたつはあるよな。

先日何気ないように征礼が口にした言葉がよみがえる。そうだろう。おたがいに相手のことを信頼していても、それぞれの立場で抱えた秘密は別問題だ。

ずいぶんと長い間、二人は黙りこくっていた。征礼と一緒にいて、こんなに長く沈黙がつづいたことははじめてだった。

「……とても、姫宮様を退出させるよう、ご進言できる状況ではなかった」

ぽつりと征礼が語りはじめたのは、ずいぶんと弱くなった炎に荇子が残りの油を気にしはじめた頃であった。

もはや救う術はないと侍医から告げられ、このうえは一刻も早く御所を出すように周りからも促された。しかし帝は承知せず、片時も姫宮のもとを離れようとはしなかった。

「惜別の情を断つことがおできにならなかったのか、延命の望みをお捨てになることができなかったのかは分からないけどな」

そう言って征礼は、自嘲気味な笑いをこぼした。

いずれにしろきつい状況だ。六歳の娘の命を途中で諦めねばならぬ帝も、それを促す側の征礼も。

結局あまりにも忍びないということで、征礼は姫宮を帝から離すことを諦めた。

自分がついているからという理由で人を遠ざけ、帝に姫宮を看取らせた。そして姫宮の遺体を瀕死であると偽って御所にとめおき、人目のない真夜中に外に出した。

「だから、御所に穢れの卦が出たと聞いたときはしかたがないと思ったよ」

いまとなっては、もはや懐かしい話でさえある。

「身罷ったことを隠していたのなら、公に祓を行うこともできないものね」

荇子の言葉に、征礼は力なく微笑んだ。

結局その穢れは雀の骸と関連付けられ、祓は盛大に行われた。あのときは禽獣一羽にずいぶんと大掛かりなことをと不審に思ったが、要はそういうことだったのだ。

一連の経緯を知っているのは、征礼の他は姫宮の乳母ともう一人の古参の女房。そして岩魚とその父親だった。彼らには牛を引く役を担わせたのだが、人の死穢という最大の穢れに触れさせることになるので明かさないわけにはいかなかった。

父親は信頼できる者だが、子供はしっかりしているようでもやはり無理だったかとため息交じりに語る征礼に、荇子はなだめるように言った。

「大丈夫よ。結果として私はこのことに気付いたけれど、普通に岩魚の言い分を聞いていたら、誰も姫宮のことだとは誰も思わないわ。まあ、一度お灸をすえておいたほうがいいとは思うけどね」

いまにして思えば岩魚はまったく正しいことを言っていたのだが、若宮が亡くなったという前提があるかぎり、姫宮のことだと疑う者はいないだろう。

帝の立場を守るためには、若宮の件は絶対に隠し通さねばならぬことであった。

帝が禁忌を犯した理由は、人として共感できる。だからよほどのことがなければ口外するつもりはない。それに若宮の件を隠し通すことは、姫宮の埋葬を請け負った征礼を守ることにもなるのだから、絶対に言わないと荇子は断言できる。

「それにしても、どうしてお前はこのことに気が付いたんだ？」

完全に白旗をあげたのか、征礼はいつもの砕け気味の口調で訊いた。荇子はちらりと一瞥し、ゆっくりと首を横に振った。

「教えない」

あなたを守るためよ、などと恩着せがましいことは口が裂けても言わない。

征礼は虚を衝かれたような顔をしたが、かまわず荇子は彼に詰め寄り、そしてささやいた。

「実は主上にお願いしたいことがあるの。あなたから口添えをしてくれない」

三日後の朝、荇子は御手水間で待機をしていた。

ほどなくして御湯殿で沐浴をすませた帝が戻ってくる。しどけない湯帷子姿は所々濡れた肌が透けて見え、洗髪を済ませたばかりの髪は、肩や首筋に墨を垂らしたように張りついていた。

帝は荇子の姿を見ると、澄ました表情のまま肩をすくめた。荇子も何事もなかったような顔で帝が腰を下ろすのを待つ。御手水間の大床子には円座が敷いてあり、帝が身繕いをするときの椅子となっている。

帝が腰掛けると、荇子は理髪道具一式が入った櫛笥を持って背後に回る。本日は髪を結う役を請け負っていた。

しっかりと水気を拭った髪に櫛を通す。湯上がりの火照りが残る首筋からは、河薬と泔の匂いがした。河薬は米糠を袋に入れたもの。泔は米のとぎ汁で、身体と髪を洗うために使用する。

櫛を通してきっちりと束ねた髪に、元結を二巻きしたところでようやく帝が口を開いた。

「あの者は、なかなか有能のようだな」

「もう、お会いになられたのですか？」

元結を巻く手を止めずに、荇子は言う。ここで手を緩めては、せっかく結い上げた髪がほどけて元(もと)の木阿弥(もくあみ)になってしまう。

「ああ、湯帷子を携(たずさ)えて控えていた」

「それだけで有能だと、よくお分かりになりましたね」

「所作(しょさ)と話しぶりで分かる」

帝がそう言ったとき、荇子は元結を結び終えた。二階棚(にかいだな)から八稜形(はちりょうけい)の鏡を取って前に回りこむ。鏡面に映った仕上がりを確認したあと、帝は小さくうなずいた。

「あいかわらず、きれいに仕上げるな」

「ありがとうございます」

これまで何度も帝の理髪を請け負っていたが、こんなふうに褒められたのははじめてだった。とはいえ先日からの経緯を考えると、素直にうかれるわけにもいかない。あんのじょう帝は鏡を返すとき、呆(あき)れと感服を交えたような表情で荇子を見上げた。

「一本さされたな」

「……すみません」

「まあ、よい。しかし征礼の話しぶりからすると、そなたは若宮の件を伝えぬまま此度(こたび)の件であれを強請(ゆす)ったのだな」

強請ったと言われれば、認めるしかない。

征礼を窓口にして結果的には帝を強請ったわけだから、己の大胆さに震えそうだ。しかし大切な人達を守るために、これしきのことでひるんではいられない。忙しなく鳴りつづける鼓動を悟られぬよう、荇子は悠然たる面持ちで口を開く。

「どうぞ、ご安心ください」

帝はこちらを一瞥する。荇子は自らが手掛けた理髪の仕上がりの完璧さにうっとりとした。湯帷子から透ける肌。烏の濡れ羽色に輝く髪。水の滴るような男ぶりである。

だからといって、いつまでもこの姿でいていただくわけにもいかない。今頃着付け役の命婦達はずいぶんと待ち長いことだと訝しんでいるだろう。さっさと話を済ませて彼女達に声をかけなければ、このあとの業務が回らない。

「願いを聞き届けていただいたのですから、私はけして口外いたしませぬ。もちろん藤侍従にも。信じてはいただけないでしょうが」

若宮の件にかんして当初帝は、世間に知られても自分に不都合はないと嘯いた。

しかし荇子は、この件から姫宮の件が暴かれる可能性を証明したのだ。

若宮と姫宮、双方の秘密を知っている人物は、帝をのぞけばこの世で荇子一人である。

つまり荇子は帝と秘密を共有したのだ。

帝は右手で脇息をつかみ、黙って荇子を見上げていた。鏡を手にしたまま、荇子は微動だにせずにその視線を受け止めた。以前は洞(ほら)のようで底が知れぬと感じていた瞳に、しっかりとした光が宿っているのを見た気がした。

「信じるよ」

まるで友人にでも対するような、気軽な口調だった。聞き違えたのか、あるいは別の人に言っているのかと思った。

「強請ったのに、ですか？」

「人のためにであろう」

荇子は目をぱちくりさせる。そんな荇子を下からじっと見上げ、帝はふっと力を抜いたように言った。

「征礼のためでもあろう。確かにそうなれば、あれもただではすむまいからな」

やはり分かっておられたのかと、荇子は帝の聡明さに内心で感服した。

ならば信じてもらえるだろう。荇子が絶対にこの件を口外しないことを。得意とも安堵(あんど)とも取れる表情をする荇子を一瞥し、帝はおもむろに告げた。

「そなたならば、信じられるかもしれないな」

自身でも曖昧(あいまい)な気持ちを持て余しているのか、断言まではしなかった。それでも御の字だ。なにしろこっちは強請った側なのだから。

「ありがとうございます」

深々と頭を下げると、帝はもうよいというように顔の前で手を揺らした。

荇子は簀子に控えていた着付け役の命婦達に声をかけて、彼女達と入れ替わるようにして外に出た。

そのとき視界の端を人影がかすめ、荇子は右隣を見る。

隣室の御湯殿上の簀子に、一人の女房が立っていた。彼女の顔を見て、荇子は目を細めた。

「これは、典侍さま」

「よくそんなふうに恩にも着せず、平気な顔をしていられるわね」

聞き慣れた尖った声音も、今日ばかりはさすがにばつが悪そうだ。

先の内大臣の息女・藤原如子は、本日付で内侍司の次官・典侍に任ぜられた。

父親の身分を考えれば長官である尚侍がふさわしいのだが、急な任命と現実の家の状況のことを考えてひとまず典侍に落ちついた。

それでも内裏女房の中で、久々に誕生した上臈である。

唐衣は桔梗のかさね。表は二藍色の花菱敷目の地紋に飛鶴を織り出した二陪織物。裏地には青（緑）の平絹をあわせる。表着と五つ衣は共に白。袖口からのぞく単だけが一斤染めのようにほんのりと色づいた青磁(せいじ)色である。

「素敵なお召し物ですね」

澄ましたまま荇子が言うと、如子はいよいよ困り果てた顔をする。そうやってしばし逡巡(しゅんじゅん)した様子を見せてから、やがて手にしていた蝙蝠(かわほり)で口許(くちもと)を隠すようにしてこちらに近づいてきた。

「ありがとう。正直に言うと本当に助かったわ」

気まずげにそう言われたとき、胸がすくような気持ちになった。

なにしろ如子の口から、はじめて礼の言葉を聞いたのだから。

「借りを返しただけですよ」

「……さすがに、これは大きすぎるわよ」

爽快(そうかい)な気持ちの荇子とは対照的に、如子は彼女には珍しくぐずぐずとしている。

征礼を介して、如子を内裏女房として召してくれるように帝に頼んだ。

状況を考えれば、確かに帝が言うように強請(ゆす)りと変わらないだろう。

だからなんだというのだ。あれだけの秘密を、しかも二つも抱えこまされたのだ。その精神的負担は相当なものだ。ならば心労を少しでも軽くするために、職場を自分が過ごしやすくするよう画策をしてなにが悪い。

「実は私、長橋局にいじめられているんです」

言葉の内容程には深刻でもない荇子の発言を、如子はとっさに理解することができないようだった。かまわず荇子は流し目をむけながら言った。

「ですから、上司としてよろしくお願いしますね」

※この作品はフィクションです。実在の人物・団体・事件などにはいっさい関係ありません。

集英社オレンジ文庫をお買い上げいただき、ありがとうございます。
ご意見・ご感想をお待ちしております。

● あて先
〒101-8050　東京都千代田区一ツ橋2-5-10
集英社オレンジ文庫編集部 気付
小田菜摘先生

掌侍・大江荇子の宮中事件簿　集英社オレンジ文庫

2021年12月22日　第1刷発行

著　者　小田菜摘
発行者　北畠輝幸
発行所　株式会社集英社
〒101-8050東京都千代田区一ツ橋2-5-10
電話【編集部】03-3230-6352
【読者係】03-3230-6080
【販売部】03-3230-6393（書店専用）
印刷所　株式会社美松堂／中央精版印刷株式会社

ISBN 978-4-08-680424-0 C0193